全民微阅读系列

天下无骗

林美兰　著

江西高校出版社

图书在版编目(CIP)数据

天下无骗/林美兰著. —南昌:江西高校出版社,2019.1(2024.9重印)

(全民微阅读系列)

ISBN 978-7-5493-7878-4

Ⅰ.①天… Ⅱ.①林… Ⅲ.①小小说—小说集—中国—当代 Ⅳ.①I247.82

中国版本图书馆CIP数据核字(2018)第237109号

出版发行	江西高校出版社
社　　址	江西省南昌市洪都北大道96号
总编室电话	(0791)88504319
销售电话	(0791)88522516
网　　址	www.juacp.com
印　　刷	北京一鑫印务有限责任公司
经　　销	全国新华书店
开　　本	700mm×1000mm　1/16
印　　张	12.5
字　　数	180千字
版　　次	2019年1月第1版 2024年9月第2次印刷
书　　号	ISBN 978-7-5493-7878-4
定　　价	58.00元

赣版权登字-07-2018-1251

目录 / CONTENTS

目录

嫦 娥 奔 月

洪丽从监狱出来，似乎清醒了，不回家。那夜她和女友挤一张床，说，我也学嫦娥奔月！

三月中午的阳光，融化了她死气沉沉的泪眼。她又说，嫦娥奔月是很正常的。网上的实验你也看看。她起床开电脑上百度，搜到女性志愿者的美食试验请女友看。

几个健康女人饿着肚子看图片。图片上有人拿保龄球，有人观赏树木，有人翻科普书。科学家还让女人们看青年男女握手、亲密拥吻的图片，对她们大脑进行核磁共振成像的扫描，她们大脑反应都是平平淡淡的。今天是星期天，赖床的洪丽和女友都饿了，就起床去洗脸漱口，然后一边咬面包，一边在电脑桌前继续看试验：科学家也送来许多令人垂涎的美食。饿了八个小时的女人，有的抓蛋糕，大口喝牛奶；有的吃炒米粉，喝七彩汤；有的畅饮果汁，品尝糕点。科学家再端上香喷喷的牛油果、释迦、樱桃等，满足女人们吃喝的要求。饭后，科学家继续扫描她们的大脑。倏然，科学家的头脑掀起风暴：女人们对具有浪漫意味的画面倍感兴趣，而且心无旁骛。

美食俘获女人心！

屋外一声惊雷。女友瞧大学同学，身材略高不美丽，但气质尤其高雅。洪丽大声回应女友，女人拴住男人的心要抓住他离心最近的地方，反之亦然，她佯装不懂问女友：女性干吗对食物那样看重呢？女友想象，这应是遗传。远古男人要打到猎物，女人才有吃的嘛。女人在饥肠辘辘的等待中，把注意力全集中在食物上啰。相形见绌的是女人食欲一旦满足，就会感激并对男人产生依恋，大脑对谈情说爱的需求才显山露水嘛。我清楚我跟男友赌气就大嚼零食的原因了！女友一下醒悟。洪丽笑笑，女人把吃喝作为报复男人和补偿自己的手段呗。

洪丽也说，实验显示，男人要捕获女人的欢心和成功表白，不妨先请女人吃顿大餐。女友大笑，她表弟天天供应小脸校花的美食，使校花吃成个胖婆！洪丽阴沉着脸：我爸早逝，我和妈相依为命，那时谁供我们吃顿饭又有谁请我们吃大餐？她的心怦怦地跳动，认定国王的宝座是天鹅绒的冷板凳呢。洪丽发出的声音可谓干脆：女人别一厢情愿地沉浸在优越感中。她起身离开电脑桌时喊，女人只有苦逼自己，自食其力，才有女人免费的鸡血和喝不完的鸡汤！

晚饭后她们聊天。“扑通”一声，天上的月儿一不留神落进窗外的湖里……洪丽惊讶：我的境遇跟实验结果相反，我为讨得他的欢心去和那垂涎于我的老家伙周旋，二十万到手给他买车还付出惨痛的代价！女友说，我看新闻。他手捧玫瑰去监狱门口跪迎什么失足女，我替你太伤心呢。可你偏要上尼姑庵，不是糊涂是什么?!

她们挤在小沙发上看书。洪丽眼盈泪水，说，我不是让夷羿和女仆伺候的太太。他没养我，我还养他呢。恰巧，天空响起一串袅袅仙乐，神仙在如泣如诉地歌唱……高处不胜寒，起舞弄清影，何似在人间……洪丽跑出去，高叫嫦娥。嫦娥在广寒宫苦着脸，怀抱小白兔，频频向她招手。但一叶落而知秋，洪丽忽然清醒了，双目如澄净的湖水，金子般光芒璀璨：我为他坏了品行，就犯大糊涂，还把亲手创建的家留给他，岂不助长他的好逸恶劳?！就三步化作两步跑回家了。

鸠占鹊巢的人要赖躺在房里的床上，带着痞气谄媚，我在监狱门口等你三天！洪丽看门外，你半夜哭祖宗，想一出是一出吗？无论你怎样华丽转身，但臭屁股暴露了，我会理你吗？她说着用手往外一指。

男人不走。洪丽说，我花钱让你去留学，你却雇人代读还染毒。

我不是想戒吗？

洪丽立马痛得快死去，眼角翘起：我看你决心要戒毒，设法买辆车鼓励你。我捞钱入狱，你却卖掉轿车还去吸！

洪丽恍然惊梦，豆蔻年华，唯盼有个英俊的白马王子脚踏彩云而来和我成双成对，现实却相反，遇见个抹不上墙的渣男，演译了一场爱情事故。她抑制住悲咽也把深思收藏。离婚时她调侃：我偷天换日，让“夷羿奔月”。

我首先要管好自己，不再越雷池半步！外贸公司的白领吴洪丽暗下决心。一日忽然问起自己是谁。对吗，我不必从英俊的伴侣身上看到自己，也不必通过他来满足自己的期待。她找了个外表令人不敢恭维的男人，却过上舒心的好日子。

爸爸爱妈妈。他们的后代因此享受家庭红利，进入童年幸福生活的殿堂。

打给过去的电话

洁茹跑哪儿去了呢？

事情得从那天说起。电力公司的徐副总被纪委约谈后回办公室，急忙叫来女儿。他慌慌张张地走到清洁工凌乱的工具室，打开锁叫女儿守住门。让人匪夷所思的是，他从角落一个破烂不堪的废弃的垃圾桶里，掏出个锈迹斑斑的铁盒给女儿，还浑身战栗着，从靠厕所的那面墙上堵死的通风孔内，拿出一个包得严实的油纸包。随后，他战战兢兢地整理出上百张的存款单，吩咐女儿全部取出来上缴给检察院，女儿答应了。

路上，洁茹按住心中的狂喜，骂爸穿皱巴巴的西装，手提破包包，一副廉洁模样，还常教我和我哥为人要诚实。她感觉挺委屈。

翌日，她向计生站请假，携存单却磨蹭着走到水利局。职工议论“倒塌式”的腐败窝案，她老公说，那副局长说他连签字权都没，但供应商也塞给他很多钱。她又去电力公司。爸的手下说，10 年前你爸负责工程类物资采购，为多家电缆厂、电气公司老板提供便利和帮助，收受好处费。晚上洁茹躺在床上，知道老公的为人,隐瞒了秘密。只是睡不着,起床蹑手蹑脚站在映月下,荷塘清澈,琉璃闪现她孤独的倒影。她呢喃,苦啊,我嫁个小科员……许久才回房,把泪水藏进梦里遇见爸,嘤嘤地哭,爸,要说那些钱都是别人塞给你的,而且你勤奋工作获奖无数,也对得起人了。醒来,心中顿生一种说不清道不明的情愫,被黑暗笼罩,把诚实如金的心给封了。突然,她投篮般,脚尖微踮,离地,跃起了。哟,也是爸爸窝藏心机,用亲密战友的名字存款。她拿爸的纸条去找他。几天里,他帮她把钱全领了,也安排她躲起来。她拥有巨款,几近疯狂,心里遗憾,我要是早知道爸有这么多钱,就好了!她竟把家人全抛在脑后。

洁茹似鸽子飞了。爸在拘留所迷茫又着急,向检察官坦白,说他已让女儿退缴受贿款。可问题出在女儿没退缴,洁茹就被捕了。她老公得知,大惊失色,气呼呼地去见她,爸贪赃枉法,你也……她惭愧了:我以为不退缴,爸问题不会被深究,我也得到钱。仿佛听见有人说,也许人品,恰是用来证明灰姑娘所谓诚实的苦难经历的。她嘟囔,我以前……没机会……放肆。啊,但一放肆,立即进来了!老公印象停留在读大学,洁茹是身材近乎黄金比例的美女,笑时有点腼腆,穿着很朴素。哎,你是块美玉,稍打磨就会热力四射的,可竟瞒着我干蠢事。你……要把牢底坐穿了。

但洁茹居然有洪福而至。当她把巨款如数退缴后,法庭宣布,徐洁茹为近亲构成掩饰、隐瞒犯罪所得,又是初犯,免于刑罚。

哇,她是初犯,才逃过一劫?

往日都不准徇私枉法，亲人间更要划清界限的。婆婆不信；那时家里有人出事，家庭往往搞得腥风血雨，人人自危。公公做深思状。

是啊，我免于刑罚？真的免予刑罚！

她惊魂未定啊。老公慢条斯理地说：以前支撑你和你爸人品的未必是真人品……话说得如刀样锐利，但这晚家人都轻松入梦。半夜，一阵铃声响起，却没人听到。清早，洁茹发现一个奇怪的电话号码，下意识地回拨，接电话的人说，我是你失联多年的表姑。祝贺你幸运。

她连连称是。

我就不幸运了。那时我和同事小马情投意合要结婚，但喜事卡在领导手里。小马去问，领导递个档案，他看完脑袋一嗡……领导说这是严重的政治问题，问他，要前途吗？多年过去，我们没等到一纸证明。表姑说，这次你没被株连，我顿生万分感慨啊，你免于刑罚，绝不是你初犯的原因。

洁茹仿佛看见表姑头上稀疏的白发，满额沟壑，耳聋得听不清人们说她和小马，由于她伯父是某军阀的结拜兄弟受株连成了牛郎织女。打完电话，洁茹便对家人说，表姑伤逝……我回拨的电话，是打给过去年代的。而洁茹把过去和今天一比较，顿时心如明镜，啊……我掩饰、隐瞒爸犯罪所得，还卷走巨款，理应受到更严厉的制裁，可白云苍狗啊。

表姑的冤魂散了。洁茹去见爸，低语，爸，你那么多钱，不是人家硬塞的吧？你那沓获奖证书也是假的！她又被极度的委屈感侵扰，眼圈发红，埋怨爸，那时我要跟同学去留学，你不让也说没钱。老公难堪。她泪水唰唰地流淌：同学会他们都在炫富，几次我都不敢去。我连一枚小钻戒都没有！

爸身陷囹圄，失去做人最基本的自由权利，惨痛着呢，哭笑不得：你委屈什么。爸不疼你吗？那些钱能使爸下地狱，爸敢给你吗？夫妻颌首。

会见回来，洁茹嫌弃胸前黄白相间的项链成色不足，把它丢一边。她老公傻笑。洁茹疯了般，用力捶他。

只恐夜深花睡去

老年医学专家德格雷在博客上宣称："第一位能活150岁的人已经诞生，第一位能活1000岁的人将在20年后出生……"

傍晚，我坐在正骨医院病床上，老公为我打开笔记本电脑，我读到这则信息，激动得整夜睡不着觉，天亮就给德格雷递纸条。他问我遇到什么事。我请求帮忙一下，他马上答应尽他所能。

哟，天下有如此美妙的事，居然给我碰上了！我正发愁呢，因为我救的妞妞还有生命危险。

昨天中午，突然听见有人喊叫，我跑出去一看，吓了一大跳。啊，一个两岁左右、穿着红衣红裤的妞妞，趴在1001室窗台上，小手抓着栏杆。她听到喊叫，小脚正慢慢地往下滑，而脚下是悬空的！

901室的阳台和1001室的窗台斜距约三米，有人伸长胳膊，把梯子举出去想接住她的脚，可惜够不着。听说1002室的也在帮忙救人，只是1001室的门反锁着。

在场的人焦急万分，最怕妞妞坚持不住。一分钟，又一分钟，妞妞就从我头顶似个红皮球滚下来。哗……在场的人都惊呆了，草坪上的人四下散开。我早把高跟靴踢了，没来得及考虑什么，就不由自主地张开双臂，在妞妞落地前的刹那，用双手硬生生地接住她。只听"砰"一声响，我就倒地了。

我在昏迷中也住进医院。醒来时医生说："你的左手臂上多处骨折，受伤较重。最坏的情况可能是小臂会完全丧失功能。"骨伤科专家说："像你这样严重的伤痛只有在车祸中看到。您是冒着生命危险在做好事。"他们都竖起大拇指夸我是"最美的妈妈"，说得我怪不好意思啦，我害羞地回答："我那会儿没想到要舍己救人的。这不过是一个母亲的本能反应罢了。"医生提醒我："高空坠物砸人，意外太多了。万一风吹等因素影响，孩子恰巧落在你头上，你就有可能当场死亡；如果落在你脖子上，你就有可能高位截瘫。""哇哇哇，有如此危险？这确实是我从没想过的，因为我有一个不满周岁的小男孩！"这会儿我才有点害怕了。

我躺在病床上，仍关心着妞妞的生命安全。老公说，妞妞掉下时压在我左手臂上，仰面躺在草地上，嘴角溢血。还让我得知了医生的诊断，妞妞的脾、肝、胃都有穿孔，肺、肾、心、脊椎、四肢等几乎都受损伤，全靠呼吸机维持生命体征。叫我更揪心的，是她的脑垂体破裂,可能导致脑死亡的事。

“嗨,无可奈何花落去?”我想我已努力,怎会是不美妙的结局,怎么会呢?我做母亲的人是于心不甘的。

嘟嘟嘟……那夜,病房里的电视屏上奔驰着无数的汽车,如过江之鲫你追我赶,争先恐后。我不禁感喟,人生就像奔驰着的车,每一辆都想超越别人,尽管不明确对方要去哪儿。瞬间,想了很多。

我清楚如今速变的世界,每天都有新面孔展示人前。尽管我只是网络公司普普通通的职员,不过我知道的很多,刚好,我也在网上看到德格雷出语惊人,知道这怪老头掌握了生物前沿的高端技术。我递个纸条,跟他联系好了。

妞妞出事的第三天,德格雷飞来了。据说他观察了妞妞的伤情,说得尤其轻松:“基于目前她已脱离呼吸机,呼吸、血压、脉搏等生命休征平稳,只存在脑和胸脊椎体损伤的问题,我只要运用些工具,来‘治愈’她就可以了。”

那天全医院的人都知道,按照德格雷的医学方案,省医学院的医生和护士密切配合,抢救妞妞。一周后,好消息传来,妞妞脑损伤和脊椎损伤都得以修复,生命无恙。那一刻,我按捺不住心中的激动欢呼:“德格雷,优秀的科学家!您是妞妞生命里的一轮红太阳啊。”终于,我的心放下了。

那天我就想好了:我救人不能半途而废。我如高速公路上奔驰着的一辆车。我给德格雷递的纸条也说:尊敬的未来“千岁娃”之父,您能制造出150岁的人来,是由于您能修复一切细胞,无限延长生命。我的小请求对您来说只是件小事,您愿意帮忙吗?

就是我的小纸条啊,让我再次救了妞妞,使我有幸在明媚的阳光下,见到跟我生死相关的妞妞了。眼前,妞妞活蹦乱跳,生命力非常旺盛。

换　妻

我会很快死去的。

唐贞长期在不冷不热的夫妻关系中苦苦挣扎,感觉身心疲惫,日渐衰弱。

上午,妇女主任得知唐贞和李民都想离婚,从哪拿来个离婚计算器,对他们说,你们要离婚,一下关系到两个家庭的安定团结,无论如何得先算成本再说。

他们经过计算,唐贞气咻咻的,诉讼离婚的钱,花不起啊!李民也叹气,包括财产分割、诉讼费用等,竟是个天文数字。

他们都是昆城人,青梅竹马的一对恋人。这时,唐贞陷入往日的痛苦,只可惜从先祖起,两个家族积下仇恨。因此,我们在谈恋爱时各自的父母就反对,族长也郑重宣布,如果不听劝告,就把你们驱逐出去。高大帅气的李民性情脆弱,抬起苦瓜脸对主任说,那时我爸妈已高龄,实在割舍不下,我只好含泪劝她另嫁他人。温柔体贴的唐贞，不胖不瘦，五官精致得就像个画中人，是李民心中的最爱嘛！这时唐贞还表现出当年的尽心竭力，说，只是那年我回娘家得知他仍单身，替他着急，把邻家女孩介绍给他。邻家女孩有房有山林，他就带着年迈的父母入赘过来。

李民面对主任，满脸忧愁，尽管我俩都做出不破坏对方家庭的承诺，但在同村，天长地久的，两家的夫妇因不时吵吵闹闹，偶尔还动手打架。一次她丈夫伤了她，我跟他大吵一阵。唐贞唏嘘不已，我昔日的那位又在邻家，被丈夫打，我不免想起和李民热恋时的花前月下，海誓山盟，迫切地要逃出围城。

不觉到中午，放学的儿子听说妈妈要离婚，10 岁小孩哇哇大哭:妈，我不能没有你。女人的眼中——从石板凿成莲房般的孔中向上茁长，怒放着的一朵莲花。一蕾双花，每朵千瓣，芳香扑鼻，红白相间，相依相偎，浑如坠入爱河的一对情侣！唐贞会写诗，脑里常冒出恰好的比喻，此刻说的也如诗优美感人，我被围困在冷漠的围城中，那日能到头哇？孩子啊，你妈是没有爱情的乳房，浑如枯萎的花朵呢！她让人抱走心爱的儿子，抽泣着说出个秘密:那天和丈夫大吵后，我和李民相约出去散心，走近金融城的那台“时间自动贩卖机”，想买重温旧梦的几分钟，但觉得花大钱不合算。再说，我也不能超越自己嘛。

妇女主任用离婚计算器算成本给他们看，而对他们在温水煮青蛙式的婚姻中深入骨髓的疼痛没有在意，仍想得美，说不定就此给他们的婚姻带来生机呢。可主任刚走，唐贞很郁闷的样子跟李民走出门外，说这东西只算经济成本，几乎不考虑无爱的婚姻给双方和孩子带来身心的损害。李民仍忧心忡忡，如果离婚是道算术题，就是你很会加减乘除，得数都是负数多正数少。他看眼唐贞，是个新型的果农吗，读过的书很多懂得的东西也不少，人很聪明又做事果断。她爽脆地说，要离就离，没什么可犹豫的，还听她轻声说一句别的，他点头。就此，他们决定各自办协议离婚，减少开支。也是挺有意思的，那晚，两人分别对家人说了，也得到各自一半的支持，叫她感觉怪怪的呢。

春暖花开，红情绿意知多少。大早，村头大树上的喜鹊叫喳喳，闹心着呢。这两对夫妇先后进入婚姻登记所，各自不吵不闹办完离婚手续。唐贞和李民如释放的囚徒，突然深深地呼出一大口气，动情地相视一笑，迫不及待携手上前办结婚手续，然后相拥而哭。

当场，扑朔迷离的事情叫人摸不着头脑，只见刚离婚的另外两个人，也像他们一样一样携手前去，二话没说，非常高兴办了结婚登记。这会儿唐贞才说，以前我哪会想到，当年我为李民牵线的邻家女孩，也是我前夫青梅竹马的恋人呢。当年前夫的爸妈说她命硬克父母，不让他们结婚。

在场的人都看呆了，为这两个家庭成功"换妻"欢呼了。唐贞无不激动地说，这是任何最新科研成果譬如离婚计算器，都无法推算出的结果。

唐贞和李民才把话说清楚，没有爱情的乳房恰似枯萎的花朵，而没爱情的婚姻又是不道德的。唐贞的大滴眼泪掉下来说，我除了不愿在悬崖上展览千年，更不想只在爱人肩头痛哭一晚。

女人背后的眼睛

漂亮的女干部做人流，医生说，你都做四次了，再做就不能生育。女干部说顾不得了，领导变换太快啦！张秘看完小幽默突然哭了，原来家里也出了大事。

谁说不是呢？这日打麻将，张秘对发小说，我儿子不像我，完全不是老婆和丈母娘说的是遗传外婆家的基因……发小幸灾乐祸，你是周扒皮钻鸡窝呢。张秘回家，就把门撞得山响，刚好白猫蹲在饭桌旁，他猛踢一脚骂，小鸡站门槛，里外通吃啊？很想举起一条皮鞭，狠抽这个潜心研究“女论”的助教郭茜。郭茜却没事人般展颜微笑，咬住儿子的耳朵说句什么。这晚张秘喝得烂醉，梦见几个同事沉湎于吃喝玩乐，他身旁也有美女陪伴，便安慰自己，大家都这样了，我羞愧什么？或许，郭茜整天忙得连睡觉都是匆匆完成的，没注意张秘在干吗，市直机关的人却很知道，他和领导关系很铁，巴结他的就很多。前几年，某县级市的宣传部部长林华跟他走得很近！

林华确实有本血泪账啊。前年，张秘开车路过县城，遇到红颜薄命扫大街的人。风如刀子割脸啊，林华被人唾骂为爬得越高摔得越惨的臭女人！7 年前，他们没诗意的生活犹留痕迹，张秘却说，我跟这坏女人不熟。现实很严峻吗？“疑似”的东西都很会产生“蝴蝶效应”的。后来，调任人事局局长的张秘得知，林华的6岁儿子急需输血验血型时，林华就“疑似”出轨了；领导东窗事发，林华又“疑似”行贿，被离婚被罢官连工作也没了。

女人的强势不是来自冲动的勇气。张局一天突然明白。他也以郭茜的“疑似”漠视她的存在，三日两头不回家，破罐破摔。郭茜是台永动机，大忙人一个，就举重似轻，安之若素的，搞得张局头也晕。刚好，张局背后长个瘤去医院手术，验血单如雷炸耳，才明白林华儿子、他儿子的血型，都和他相符！张局仿佛被几个冰冷的手指戳中脊梁，骤然一颤，忘情地扑进郭茜怀里呜呜地哭，我连自己的血型都搞不清楚，冤枉你了。啪！是儿子扇他爸吧？

郭茜双目传神哟！

儿子，你绝对是爸妈爱情的结晶。郭茜早叫15岁的儿子一百个放心。她如电似火的眼波扫视张局，闭上眼睛，宛然在背后深刻地感受着什么。睁眼，清澈见底的眼眶里两颗黑玛瑙在打转，突然大放光芒——啊，如燕的呢喃，令张局眼直了！郭茜红润的脸蛋匹配再和谐不过的天蓝色套裙，知性，理智，彰显端庄、高雅。张局只能就郭茜被“疑似”出轨的事道歉，难耐好奇发问，期待，是人最心疼的根源呢。我错以为儿子血型和我不符，女人要背黑锅的。但三年了，你不着急？郭茜如口袋放麝香的人不必叫嚷，张局的话似小石投湖水波无痕，她不动声色地说，有个人的儿子单眼皮，妻子被“疑似”出轨，那人和儿子滴血验证，血是相融了但妻子提离婚。张局为郭茜的深沉和宽容感到骄傲也胆怯，在郭茜那儿，连乌云都镶上自信的花边呵！春到人间草木知，石头也苏醒,张局连声说谢谢。

事后,郭茜去图书馆,久违的女友惊叫,张局说你儿子的血型不对,恨不得把你吃了,你还坐得住啊?郭茜轻轻抹眼似抹掉一个噩梦,旋即笑靥如花,岔开话,我只是启动了人类最原始的警觉机制,熟练地捕捉信息并强烈地做出应激反应。郭茜略厚的嘴唇动了动,说出的话香飘万里:不是天方夜谭,我脑后真有一双眼睛,助我在心底建筑别样的世界,不管天空雷鸣电闪大海波涛汹涌大地泛滥成灾,我都能从容地锤炼自己优良的质地!突然,她把那天在医院对老公的呢喃放大声量:究竟,人生是场没人相伴到底的旅行啊。我泰然处之,是我有颗纯洁的心,那是我的顶级化妆品!只以为当年生儿子时,是医院出错了。再说得深奥点,遗传也不都是基因说了算。如果父母一方3岁那年发了次烧,孩子的基因从此改变了,也是完全可能的。

落日熔金,照得人似火嫣红。郭茜走出图书馆,巧遇曾谋面的林华来市里投诉也来找她,听林华有选择地讲话后她劝告,女人不缺爱的能力却难得到爱的对象,值得深思啊。当女人自甘堕落时,全世界的男人都躲开你,你早该启动你背后那双眼睛的警觉机制!

林华已知张局被查,心里抱怨张局要过她的钱。分明看见自己的魂魄在痛哭,她摸摸后脑勺,闭眼观鼻,鼻观心,顿悟:我不顾一切攀升,现在才一切失去,错在自己!我不投诉了。刚好,天空有架飞机飞过,郭茜不疾不徐地说,飞机不管飞得多高,重要的是要平稳着陆,平稳着陆啊。林华感谢张局自信心满满的妻子,挺幽默地爆了句,叫人目瞪口呆又捧腹大笑。

最怕被周六吻

我是引人注目的闽南福塘女，卖海蛎是我的功课。我们村里的妇女，每天都穿着大裾衫配阔脚裤，挑着担儿成群结队进城去。习习海风一路伴随我们，身上的红衫黑裤迎风飘舞。

那老头买海蛎时跟我斤斤计较，最后丢了句——你会被周六吻一下的话，害得我脑袋瓜晕了，就不喜欢进城卖海蛎了。

隔天，我参加海神妈祖的巡香大祭祀，才发觉自己是惧怕老头说的那句话。我不懂得那句话是什么意思，一大早，就小声咨询我老公，周六是什么人，你认识他吗？没想到，老公只听见周六名字，起身跳下床，如打了鸡血脸色泛红，手足乱晃地喊，周六，周六，他的儿媳屁股抹黑墨！

他一乐却吓得我心尖乱颤，听不清他说什么，好像是说有人偷周六家的羊，周六要整治偷羊贼，出了怪招。那跟我有什么关系啊？我尽管如此想，却不敢道破我之所以提出问题的真相，只得叫声苦啊，脑袋瓜又晕了，觉得这连儿媳妇都设局整治的人肯定是混世魔王！心中冤屈得很，阿弥陀佛，千万别让我死……死在这极刁极歹极丑的老流氓手里啊！……我怕他立马出现，就关门闭户躲起来，谁敲门时，就先往门缝偷看一下，像只窥猫之鼠。

我打开天窗说亮话吧，我虽只读了几年书，不敢在大庭广众中狂言我写字记账样样精明，但我很会做生意，家里的储蓄都是我长年辛辛苦苦积攒的。让老公一心工作，他老婆是劳动致的富，无事不可……但似乎被什么驱使，自言自语的当儿我捂住嘴，没想到啊，自以为挺行的人，居然碰到跨不过的门槛！身子像个皮球，顿时撒了气。

我昏睡了好几天，醒来忽然有主意，招呼几个姐妹成立销售小组，专门收购本村的海蛎。夜里，大家一道撬海蛎，天蒙蒙亮就载往城里的菜市场卖。我似寻找梦中的节日，一开张，还摆台公平秤让顾客长期使用呢。

一会儿，那老头又来买海蛎，瞧着圆筐中的海蛎，又伸手摸摸那台公平秤，核桃脸放光彩。买完，还指着我嘴角的美人痣大声说，怎么这么巧，我女儿脸上也有一颗！我陪他老人家嘻嘻哈哈地笑着。

来啊，买货真价实的福塘海蛎。他帮我招呼顾客。以后，老头天天来买海蛎，我已不在乎他以前说的那句话了。嗨，不曾想呀不曾想，头疼的事，在俯仰之间，已成陈迹。虽然别人不知道底细但我自个儿清楚得很，听老头说那句话的第三天，我一惊，竟在我家门口遇见周六！那橄榄形脸谱的人自我介绍时，双脚已踩入我家大厅，我骨子里不禁剧烈地颤抖，我连忙声明：我没偷你家的羊！

周六哼一声，两眼放出扎人的光针，大声呵斥，福塘阿姨，多年来你以次充好，最可恶的，还是你一直短斤少两！说完一边嘴角翘起，嘿嘿地冷笑，像个大陷阱。我无法逃避，慌忙解释，我天天起早摸黑干什么？做生意不过是想多赚点钱。

但周六一点不饶人，上前跨步逼过来。别……别吻我……我立刻吓得屁滚尿流，钻入桌下。我魂不附体的当儿，只得对他坦白，我常把江北的混入福塘海蛎中，做生意也特喜欢在秤上做手脚。

周六站在我面前，严肃地看着我，完全不是我想象中的那个极刁极歹极丑的老流氓么，我头脑才得以轻松地转个弯儿，瞬时，我发觉我非常丑陋：我虽没偷周六家的羊，但做生意常以假乱真，还短斤少两，让那老头，还让不少顾客，更让周六深恶痛绝！可是，我还一直以为我比别人精明强干呢。

哟哟哟，我也完全没料到，在遇见周六以后，我们福塘海蛎的生意做得红红火火了。我从往日里回过神来，深有感触。

年初，村里大面积投产人见人爱的福塘特产，我老公新开的海产公司，还把新鲜肥美的海蛎销往全国各地。

春节女儿回村探亲，我请教乖女儿，周六究竟是什么人呢？

女儿上网一查，笑得差点岔过气去，妈，周六是个一百多年前俗称阿佬的，家住福塘女进城的必经之地——太隘门附近，整天吃饱了撑的无所事事，就站在太隘门城门口，极喜欢使出下流痞子的手段戏弄妇女恶作剧。他臭名昭著尽人皆知，被周六吻一下的传说是泉城人家喻户晓的。女儿又叫妈，但从来没有哪个福塘阿姨偷他家的羊，也没有哪个福塘阿姨，吃他家那头羊的羊肉被周六吻一下的事，你被那老头给耍了。

哦，这老头忒狠毒！

我忽然猛捶自己的头:为何被个死人吓得半死?

但那天到我家的又是谁呢?我脑袋瓜又晕了。

不过,望着福塘海蛎被一车车运往外地,嘿,说真的,我才不管那周六是真是假呢。

圆太空人之梦

我的班主任兼教语文课的老师姓张,在课堂上喜欢以儿子翔翔的勤奋好学说教,眉飞色舞的。

那天,老师又以翔翔的努力进取为开场白时,我不爱听。我这调皮捣蛋的高一学生,常受老师批评,心怀不满。课后,有个同学还在我耳旁吹风,要在小学门口揍翔翔一顿,给他留下伤痕,让他无法通过做飞行员的体检,使老师的美梦落空。

但老实说,对我们这些差生其他老师都视若不见,唯有张老师把我们当好学生严加管教。高二,全县举行一次会考,她提出严格的要求,你们都要对自己的良心负责,诚实对待这次考试。她郑重宣布,我要亲自把关,让大家考出真实水平。即使考出很差的成绩,也达到考试的目的。我白了老师一眼,说,你傻呵,我们因作弊考出全县倒数第几名,已经很不错了。但老师说话仍如铁锤打在铁板上发出响亮的声音,而且每一下都落到实处。五场考试,她自始至终,场场紧跟,严格管理,没有任何同学能在她的眼皮底下作弊。最后的考试将结束,突然有个老师跑来,惊慌地喊,你儿子的手碰伤了,小学校长让你过去!我嘘一声,心里说,老师,你撑不了这短短的15分钟了。我只见老师脸上的焦灼和心疼似涟漪漾开,可立即平静了,说,请转告校长,让他带我儿子到附近卫生所处理,我监考完就带儿子上医院。那一刻,我暗骂老师残酷无情。嗨,总共五场考试,我张大贼眼想作弊,都未能得逞!我愤恨着在喉底咕哝,下次碰到翔翔,我要告诉他,你妈一点儿都不疼你。不过,也只好眼睁睁地看着老师,顽强坚持到最后一分钟。

也是哪壶不开提哪壶了。过后老师说,翔翔的右手消毒不到位发生感染,就此落下缺憾。那年,坏消息又传来,高考翔翔用左手答卷只考入普通大学,有点想不开跳楼了。那时我已毕业参加工作,抽空去安慰张老师,只见心中的苦汁涌在她脸上,愁肠百转的心情可想而知。

白驹过隙。我天南地北混出点人样。也是长大了,读懂了老师严格教育的苦口婆心,心存的只有感激之情。有时想起含辛茹苦的老师和翔翔未能实现的梦想,心中愧疚。我和老师通话说,我做梦都想弥补以前调皮捣蛋给您造成的损失,我把自己当成空杯,愿意为疼爱我们的好老师们盛满水。

也是老天有眼,让我碰到绝好的报答机会。一日,来自湘西的神秘人物,10万元要卖给我一件宝贝,说能药到病除,还能让人返老还童。在我眼中,那蔸似花非花,只是分不出哪是枝哪是叶。它通身雪白,唯独中心吐出根枝条,顶端又伸出一样无可名状的东西,形如马蹄,色如猪肝。

我是个有情有义的男子汉吗,只是踌躇一下。那人忙说,彝家偏方绝妙,你难道没听说?他不知道我心碎的是那刀锋般的心事呵:翔翔当年飞行员梦想破灭,百感交集,痛不欲生地跳了楼,但很幸运,身体居然无恙。先付5万元吧。我和那人商量,随后毫不犹豫地带上他,驱车奔向县城。

在老师简陋的教工宿舍,那人掏出葬灵芝捣成粉,再掺入芝麻油等制成膏药,敷在翔翔右手上,扎上纱布。三日后,好消息传来,翔翔右手筋脉流通,活动自如了。一周后,更有奇迹发生。我赶到老师家,瞠目结舌,哇,翔翔右手的伤疤化为乌有,皮肤上毛孔均布光滑如初了!大家赞誉葬灵芝是灵丹妙药,宝中之宝。张老师和翔翔的脸上,霎时升起一轮火红的太阳。

几年后,中国太空行走第一人翟志刚在太空挥动五星红旗,向全世界人民问好,沉睡的宇宙再度被唤醒。我听说翔翔学业有专攻,已被破例送航空学院深造。张老师来电,说翔翔当飞行员的梦想很快就会实现,还想圆太空梦呢。我回答,亲爱的老师,好人都有好报的。我堂堂的男子汉被泪水蒙住了双眼,哦,张老师栩栩如生地站在我眼前:她四十多岁,小巧。夏天常穿白上衣配黑裙,嘴角微翘似叶可爱的小舟,讲课声情并茂。我难为情地笑笑,嚷道,老师,你总是很严格要求我们,不过,有时也会和我们亲切交谈,以极大的耐心教我们做人呢,谢谢您!那夜,我梦里再现我玩疯了迟到的一幕,要是别的老师肯定会罚我站在教室外,但张老师笑着说,你一定遇到什么事了,先进来吧。瞬间,我泪如泉涌,那是我遇到如亲妈一样的好老师呵！就此不敢迟到,学习也好起来了,才有幸考上大学。

过去的岁月在头脑里浮现。我凝神,一个至真至纯的心灵,是震撼人心魄的崇高境界呵！朋友,你说,哪些人是呢?

手随心亦一起飞

“玉指皇后”肤如凝脂,手似柔荑。

她参加首届全国手模比赛,摘取“全国手模冠军”和“中国玉指皇后”的桂冠。“玉指皇后”名气如日中天,影视剧导演纷纷邀请她拍戏。但不久爆出冷门,她告别娱乐圈回家卖服装了。

也是机缘巧合,“玉指皇后”一次去进货时,巧遇著名女歌唱家陈英,两人声应气求,意气相投。陈英握住十个美得如莲花的青葱玉指,倾听她一连串的哭诉,鼓励她:“人生就是在刀尖上行走也要坚持走路。”一语警醒,“玉指皇后”发觉,沉默毕竟不是永久的情怀,便从绝望中奋起,心灵长出一副隐形的翅膀飞翔起来:“女人也要成就自己的事业。如果害怕被别人剥夺自己宝贵的东西而退缩,就是弱女子的表现了。”

她也没想到,自己对美丽的执着追求也感动了天地。一夜在冥冥之中,有位目光炯炯的道长前来指点迷津,苍老的腹音振聋发聩:“凡尘间,心性极高的男人亦多,关羽、柳下惠是也。人性亦可唤醒矣。”道长送她一个咒诀，然后对准她的眼睛吹了一口气，就飘飞走了。一连几天，她都默默地背诵这个咒诀。而要用什么唤醒人性呢？她冥思苦想了十天十夜，琢磨着用眼神唤醒人性，改变男人恶习的绝招。三百六十五天后，她胸有成竹了，就毅然回到北京，重新签接广告业务。

那天，她在上海拍完一个电视广告，出于礼貌，敬请该企业老板共进晚餐。她给老板敬酒，露来玉指芊芊软，行处金莲步步娇。不料，老板酒足饭饱后，舒展不甘寂寞、不安分守己的驱体和灵魂，嬉皮笑脸对她说：“冠军小姐，我知道你干这行挺不容易的。不就是为点钱吗？你要多少跟哥说。哥挺喜欢你的手。”“这个道貌岸然的企业家也逃不出男人的俗套吗?”不过，她仍然以礼相待说：“您喝多了吧？我去给您倒杯柠檬水。”她在送柠檬水时，吟诵一声咒诀，便不错眼地盯住对方，心里念叨着人性。谁料这老板厚颜无耻地说：“玉指皇后，你直接开个价，你要多少？哥有的是钱。”这时，她才发觉自己功夫不到位，一方面马上调整自己，另一方面加强意念，反复吟诵：“人性复苏……”但这老板忽地站起，一把抓住她的玉手。“玉指皇后”最怕遭遇这种恐怖的暧昧场面了，脑子闪念：“凡是被迫为娼的女子，已经被剥夺了正常表达高洁的愿望，但我一个仙姿佚貌的‘玉指皇后’，怎能为点钱财玷污自己的冰清玉洁呢?”眼前这老板西装革履，玉树临风，仪表非俗，此时，却是人面兽心。“狼心狗肺?!”她倏地抽回自己的手，脑子充满鄙视和憎恶，怒火燃烧。只见她蛾眉倒蹙，杏目圆睁，勃然大怒地吼叫：“人性回归!”倏忽间，她感觉全身热血沸腾,眼球滚烫,就像打出两颗子弹,气势汹汹,势不可当。老板身体一震,化石般一动不动,脸庞痛苦地扭曲着,一言不发了。“玉指皇后”得其三昧,惊喜欲狂,女巫似大笑三声,字正腔圆地说:“你有多少钱,跟我没关系!”然后,凯旋。

“玉指皇后”深谙一个道理,女人生存就是很难。她不时遇到男人讨厌的骚扰,然而,已熟练地运用“人性意念”,一个个摆平了。她顺利地登上央视《选择》、京视《淑女大课堂》大节目,拍摄了 MTV《玉指颂》、公益广告《预防艾滋》等,还荣耀地登上了《时尚美甲》《夜北京》《模特》等时髦杂志的封面。她主演的电视剧《手随心亦一起飞》也上演了,满堂喝彩。周围的男人窃窃私语:“‘玉指皇后’练就的‘人性眼神’不会杀人,但可拯救男人有时迷乱的淫心噢!”“玉指皇后”说得一字一珠的:“我就是要让男人们也追求美轮美奂!”

“玉指皇后”再次碰到陈英,陈英热情拥抱她。她把头埋在陈英怀里哭得稀里哗啦。惺惺相惜,满腔的苦楚无须赘述,毕竟都是过来人嘛。陈英亲吻她修长而柔弱无骨的美手,微笑着说:“你的独行,始终守住做人的底线,以你的品行在娱乐圈内,赢得极好的口碑!”而后轻轻地拍她的肩头。“玉指皇后”高傲地扬起下巴,要说爱美之心么,爱美之心宛如咳嗽,人人不可避免。但女人坚守自己的美丽,先后都有了绝招。

握住时光

我的手握住了时光！

我碰到熟人，就恨不得抓住熟人的手说话。

我喜欢钩花、绣花，也喜欢织毛衣。我家里的沙发、圆桌、椅子，还有大厅上的茶具、电视机、立式空调等，都被我用精致的手工艺品装饰得漂漂亮亮。厅角的景德镇白瓷碎花圆桌，配上我用蓝色丝绒线钩织的桌布，就如云层之上的大片湛蓝的苍穹，点缀着钻石般的朵朵云彩，叫人一瞧，顿觉神清气爽。还有，我编织的对襟淡紫色羊毛外套，用冲针手法缝织，两面均是正面，一面呈精细的网状花纹，毛绒绒的，另一面呢，是支支笔直的花枝连缀而成，一穿上它，镜中人嘴角那颗福痣一跳一跳的，我矮小的身材仿佛一下挺拔起来。

再说我的生性么，做人很阔气，只是最吝啬时间，业余时间往往见缝插针搞些小玩意儿。这次，闺蜜让我为她钩织几块精致的蒲团垫儿。星期天，清洁工搞卫生，我忙着钩织一朵粉红大菊花的花边，只吩咐她哪些要重点清洗。到她洗完走人，我才发现她活儿没干好，只得停下手中的活儿自己去洗。看电视半天不挪位的老公，板着脸孔问，她在洗时你干吗不监督？我是手头事急。老公一点不饶人，谁叫你只顾钩织什么！

你要我把身心全部放在家务上？瞬间，我气恼至极，你晚饭后就坐在电视机前，一坐好几个小时；有时还招兵买马，摆长城通宵达旦都可以。在娘家时，我妈夸我好脾气，可这会儿我不行了，被气得七窍生烟，顺手抄起抹布往他脸上贴去，眼泪夺眶而出。儿子竟也怪我，妈，你别整天想着钩织的事儿。我正在气头上，就抓起麻将丢过去，你有空就玩游戏，中午两三点也不去吃中饭，深夜一两点也不睡觉，你们都有业余爱好我就没有啊？

我和他们僵持着，来串门的大姐笑着劝告，居家过日子总会发生一些事儿，小妗子你要忍让。那夜，我碰见那个极其聪明的人说，在你没有成就前，切勿强调自尊。可我有什么成就呢？不过，我没必要和他们争吵。倒是这双手属于我自己，我就要享受钩织绣生活，开心地过好每一天！我的心在有力地跳动，我做人要有志气，就更痴迷于钩、织、绣，其实，我下了决心，就此豁出去了。

我有股冲劲，加上感兴趣，我寻觅人间最美的东西。茫茫戈壁滩上一只只顽强的沙漠之舟，蓝蓝大海边迎风矗立的一棵棵椰子树，高高的峰峦上的一株株青松翠柏，沙漠中一棵棵活一千年不死、死一千年不倒、倒一千年不朽的胡杨林，还有朝阳万丈金光，落日橙红余晖，更有雨过天晴高挂天穹令人炫目的七彩虹，以及大海上沙漠里变幻奇诡的海市蜃楼等优美风景的召唤，令我欲罢不能。

我的手握住的时光是最真的时光啊。

白天，我兢兢业业去儿子公司帮忙；晚上，勤勤恳恳理完家务，就把疲劳抛一边，隐身在小厅里，通宵达旦摆弄钩、织、绣活儿。血色映红半边天，金辉洒在阳台上熠熠闪光，我织了一夜的羊毛衣，心情尤其舒畅。我腾空展翅飞翔，我是不寐人了！我不必像别人，恳求她老公给她三天空闲做个好老婆。嘿，那是每晚夜正阑珊，我就趁人不备，偷偷按几下我耳朵那个神秘穴位，就似打开了时间按钮，再也不要打瞌睡或上床休息，反而感觉如从一场酣睡醒来。顿时，我如一名昂扬的战士，精神抖擞地坚守在钩、织、绣的阵地上，把梦想的花瓣化作鸟儿扑棱棱的漂亮翅膀，变成争妍斗艳的一个个独特的审美意象，展现千姿百态和美不胜收的奇瑰画面。

我找到最好的生活方式，加上无须提醒的自觉，整天忙乎着。转眼，半年过去了。那天，老公的心柔软了，老婆，吃山珍海味，也比不上睡个美觉来得滋补。只是那次我和他们争吵后，身体倏然有了变异，便乜他一眼说，世上没有比脚更长的路没有比人更高的山，也没有比我有更长的时间可利用。既然时间之神眷顾我，我若不比别人多干些事做出点成绩，就对不起它。为我不寐的事儿，大姑和婶娘来了，后来的三姐和兄弟也喊，你至少每天要睡8小时。闺蜜也说服我，一连几天没睡，人会疯的。春节，来来往往的客人很多，都是来劝我不要天天熬夜。可我右手握拳说，夏虫不可以对冰说三道四，我不跟我老公儿子说废话，我完全能一个顶俩，谢谢大家了。

我偶然抬头，在春节的电视节目上，我的一幅创意的《仙女散花》凸绣，在全国工艺品展览会上被评为特等奖，入选国家博物馆永久收藏了，老公大为讶异，谁送去参展的呢？是巧合吧。

闺蜜抚摸着我的手说，你是珍惜了分分秒秒的时间，从而打开了成功的开关！一边偷偷地告诉我，你老公咋那么幽默，那天不是他为你送展呢。

儿子讶异，我不以为然。

与梦同行

求人不如求自己，我就有了“梦神”系统。

根据人的生理特点，我把实施时间定在每晚12点至凌晨3点最好的睡眠时间段里。为争取在第一时间切入，我先行修改电脑系统控制台，把张昶的梦境加入我的RSS的订阅里。

在最为关键的第一夜，我关掉手机，早早地反锁门，坐在电脑前关灯上网，翘首祈望着。

张昶已上线。

熟悉的系统提示声突然打破寂静，屏幕贼闪贼闪着。

系统切换成梦境，到第一视角，采用标准修订模式。

对方开始织梦，是否采取之前版本覆盖？

一会儿，电脑系统步步深入，界面一页页地被打开，我屏气凝神下命令，缓存在15秒钟后完全覆盖。

链接梦境。我小鹿触心头般迅速把脚本载入，才停下吸一大口茶。

喝茶时，我警告自己，心急是吃不了热豆腐的！我写的脚本，点点滴滴地把我对未来的追求写成一页页界面，我只能每天点到即止。我也很明智，只有小心翼翼，水波不兴的，才能在张昶不知不觉中滴水穿石嘛。

载入中，请等候。

“梦神”开始控制梦境。我编织的梦境，让放飞的心灵啊，如森林中一泓清澈的泉水，不间断地悄然地流淌着。尽管行动战战兢兢，但我心灵的泉水啊，还是遵循我美好的愿望和个人意志，流着，流着，潺潺地流向他的心底。欲使他的大脑在浑然不觉中刻印我们“未来花园”的美景，以期生成他的神韵气质。

凌晨4时，我浑身酸痛地躺在床上，往事如花絮样飘落。在几个月前的那天，我和归国的闺蜜静宜站在我的套房前，看张昶走过来了。他去年跟我相恋，可最近似乎恋上新来的同事，三天两日让我见不到影。唉！

静宜看我急，问我：怪不，你本想跟我厮守一生的，竟这么快找到男人啦？他脸带鄙夷。我抿嘴而笑，我只想舒展灵魂，创造个和昶共同的“未来花园”，不让稀缺的好男人如泥鳅溜了！

我不是没招数的女人。那晚，同学聚会在大酒店。我高挑的身材套着紫色长裙，浓密的黑发挽起高髻，淡妆反衬我的高贵，同学都当我是人中凤凰。我也是电脑公司的高级程序员呢。席间，我试探在高科技领域工作的同学，有人猜测，有种超越人类的智慧正在控制我们，我很感兴趣，而我们人类能控制同类吗？写睡美人软件的人认真地说，你想控制人心，那就控制他的梦境吧。心理学家神秘兮兮，睡眠可以在人不知不觉的情况下，改变一个人的心理。我把这些话牢记心头，心里似台搅拌机在不停地翻浆。一般软件编程，我不费吹灰之力，而我写"梦神"高端产品，也不过如吃个油酥饼而已。一个多月，我呕心沥血，终于写就，又写了《未来花园》的脚本。

时光回流。在接下来的紧张又和谐的一个个日子里，我涓涓细流的"未来花园"在"梦神"的召唤结构里，编织着一幅完美的人间奇景，张昶的心理在潜移默化中变化着。我一点儿也没被发觉，不免有些大意。

哎哟，但万万疏忽不得的是，那天，我跟静宜相约做游戏越洋玩通宵，把两页内容当成一天功课做了。隔天，张昶匆匆地来我办公室，说昨晚他大叫一声从梦里惊醒，突然问我，老实交代，你昨晚去了哪儿？干什么坏事？又自语，梦里怪怪的，似乎和你在一起了。

他发现我秘密？我做贼心虚，不觉尖叫。

我心中固然明白，我是为我们共同的幸福才搬兵"梦神"的。在雷声阵阵的暴雨夜，我心惊胆战，我这分明是在悬崖上跳舞呀！倘若他晓得我在神鬼不觉地侵入他的梦境控制着他的脑袋改变着他的心理，就会尖锐刺伤他的自尊心啊，那可不是闹着玩儿的！我在床上翻来覆去，泪水模糊了双眼。在加拿大的静宜，也发短信劝我，你就停止对他的精神侵略吧。

几天几夜，不祥之梦袭击我，人在画不成圆的痛苦中煎熬。

突然，我脑袋长出一根标杆，又认定自己是聪明勇敢的梦神，我敲响警钟，时至今日，你还不想改变女人不满意的生活？

我聆听天籁之音，好丈夫不是捡来的。幸福，又是对痛苦的承受和解决啊！顿时，我心如撑开的风帆鼓起来。我只有挖掘一口深井，继续坚定地编织心中的美梦，不到黄河心不死。只是，我打算在"梦神"使命完成，就连同脚本一齐销毁掉。

日久，"梦神"系统的场场梦境，润物细无声谱写着我们幸福的篇章。一年后，我和张昶完婚。

神秘的婚姻之旅，与梦同行，我稳操胜券。金婚，儿孙为我和老市长拍纪念照。只是那天，羡慕妒忌的静宜，要和早年同性恋的闺蜜团聚又回国，趁我不在时，对张昶捅出我的秘密。

我被程控了半个世纪?!

我是堂堂的大丈夫啊。张昶狂啸一声，发了疯。

我的心里波涛汹涌，昶，爱你，在你身边的是谁？突然心堤溃决，也许"梦神"是兵不血刃的武器，杀的竟是爱人！我决然销毁了"梦神"还想销毁自己。

静宜狂笑，问，人最可怕的，是在追梦时丢掉梦吗？

复 活

在那黑色的日子，我的肝脏被生生地扯出来供在武大的灵前。

都说我是伤风败俗的淫妇，没人收尸。勉强入殓，阎王也不收我，我的阴魂只得在奈何桥上游荡。福兮祸兮？这让我见到各种人，增长了不少见识。妹妹，我始终在想：女人为何那般苦？潘金莲一看见我来到桥上，就如遇见知己拖住我，说个没完。

明日黄花！我不听她讲废话，只觉得桥上没别的人，倒可以向她倾诉我满腹的委屈，但她非让我先听她说：

我不管别人怎样诋毁我，都自认为很聪敏，心里阴骛点，却是块可雕琢的料哩。我屁股挨桥栏，十指并拢放在腹边，冷笑，你敢老王卖瓜？

别说我美不美，反正西门庆见了我就神魂颠倒，也别问我有没有才气，我的女红和厨艺了得，也会写词寄相思，也会弹琵琶唱“西厢记”。潘金莲说。

去你的！脸皮铜钱样厚。我骂时思忖，你小时被买来卖去的能有什么本事？听起来容易，做起来难。

野火烧不尽，春风吹又生。我这苦命的女人算是懂得适者生存的道理。狗财主欲染指于我，我就向夫人告状；倾心于打虎英雄，我就以言语引诱；和西门庆厮混被武大知道了我就谋害他。

我不听她这些烂芝麻陈谷子的事。我捂住耳朵说我喜欢女强人，吕雉，你知道吗？戚夫人多才多艺极得刘邦宠爱。刘邦一死，吕后就斩断她的手脚，挖去眼睛，熏聋耳朵，又逼她喝哑药，丢入厕所。

对她自诩的才气，我微笑着问：中国最伟大的女人是谁？——武则天！她欢呼雀跃。听说她从尼姑庵回宫，繁重的国事都由她决断，足见她聪明至极。

我讪讪地笑了，不过，“无字碑”，你听说吗？潘金莲一下眉飞色舞：女界的翘楚极自信。正统皇帝，功高德大只留给后人评说，办法极致！

孰料她说得如此顺耳，我竖起大拇指，同时，眨眨眼奇怪了，你不乏聪明，为何干伤天害理的事。

我读出她脸上的娇嗔，聆听心声：潘金莲生来我行我素的，但她是完全屈服于西门庆的！我演过潘金莲，一件事没忘，新婚宴尔不见西门庆，她难耐寂寞和小厮鬼混，西门庆大发雷霆要打她，她浑身颤抖，脱了衣服任他骂任他踢。

水中依稀倒映我的倩影：翩若惊鸿，婉若游龙，眸若星辰。顷刻，我捡回自信，也捡起不经意丢失的人生座右铭，头顶个火炉似的，生出极大的兴趣问：你算是有点独立意识的，可怎么任人宰割？

那时，女人算人吗？潘金莲嗓门大起来，肩头却塌了，西门庆是一家之主。谁敢反抗他？

女人那时确实没发言权！我替她喊冤叫屈，怪可怜的，你只是为一小块安身立命之地，但也逃不脱如来佛的手掌心。我不禁暗骂自己：而如今，什么时代了，你不缺胳膊也不少腿的，居然投送男人怀抱，身败名裂地走上了不归路。

我触到自己的伤心处，想起了武则天和她选男宠铁定的三标准。潘金莲打抱不平，武则天早年丧夫，刚开始只和小宝来往是正常交友，怎么说是荡妇呢？后来找几个男宠安慰安慰身心就有罪啦？那些皇帝嫔妃几千，又如何说？

你想的比我透彻！我赞同她的高见。突然，脑袋被一颗重磅炸弹炸开个大缺口：武则天、吕后的强势，潘金莲和我的不幸，不正都说明了成者为王败者寇的道理吗？

最终，我让潘金莲有点耐心听我说：我跟导演拍拖，他老婆知道，事情就捅开了。岂料，他老婆原谅他，我却被人踩入脚底下，甘愿做“小三”还堕胎……我又羞又恨，绝望了，就服了半瓶药。

潘金莲陷入沉思。一会儿，晃着我的手叫妹妹，你不像我那时两手空空，说话轻似鸿毛。

是啊，明摆着的，我受过高等教育还有让自己活得很滋润的工作。我受到启示，潘金莲一直在想的问题不也是我要思考的吗？瞬间，我明白，许多漂亮的女演员，都想占有社会稀缺的优质资源，拼命往前挤才陷入潜规则啊！

桥下水波潋滟。潘金莲痛哭流涕：我羡慕妹妹遇到了好光景，可你干吗不珍惜？她右手五指并拢如一把锋利的尖刀直捅我的腰，倏然，我挺直了腰杆。

也是天助我呀，我吃的半瓶药不足夺我命，我告别潘金莲走出了奈何桥。

我在家休养，闺蜜劝导我：如果男人可以依靠，就没有武则天。尽管她说得有点偏激，但我就此要做自己的女王！而且，连下辈子都要做自己的女王！我经历一段时间的拼搏也做导演，我编导的《复活》电视剧还得了百花奖。

明天的痛要提前结算吗？

自从进了这个家，我都是下班就往家里赶的。只有这次有事迟了。我有点儿愧疚，匆忙放下挎包去热汤，狼吞虎咽地吃完饭，接着刷锅洗碗……突然，觉得家里气氛不对，老公不理我，其他人也不吱声。

苦哇，女人！以前我老公常晚点回家，有时是工作繁忙也有时是玩疯了，我开始不高兴，等到他回家也会发脾气。可执着追求点人生乐趣并步履匆匆的女人，过后就忘了，不管他有事没事，我顿顿都安排他的伙食，而且做完所有的家务。但如今已熬成婆的我，心情不舒畅了。岂料，我那装聋作哑的老公喊：“我的洗脸水呢？”可我还在阳台上收晾干的衣物呢。我走过镜子，看见里面的人的眼睁得大大的，似结冰的湖，在雾夜中泛着光。

往日每晚，都是我把洗脸的水掺得冷热适中端上来，他才舒舒服服地洗了。今晚夜已深，我又忙着，可这大男人还等着我端洗脸水。我牙根发紧，思路反而格外清晰，坚韧不拔的小女人有时歇斯底里，就是由于大男人的这种德行！我应："没看我还在忙个没完吗？"

凉夜深深。我同他背对背躺在床上。我心里老大的不舒服，两颗苦涩的泪珠在眼窝里滑动，睡不着就坐起来，凶神恶煞般推他肩头："我跟你离婚！"我还满腹牢骚，他却忘得一干二净，睁开惺忪睡眼："老婆，你说什么？"我恶狠狠地又说一遍。他慌忙翻过身："你干吗？"我瞧他那傻乎乎的样，心似块硬邦邦的石头撞入茫茫的沼泽，深陷了进去。

说了谁都不信，这时，有位年近古稀的老妇人突然出现在我的房里，笑盈盈地说："我是给人送快乐的心理咨询师。我喜欢教人每天豁然开朗 100 次。"

突然的天外来客突然说出豁达的话，我大为惊奇，下了床却放声大哭。心理咨询师笑着说："你知道我最喜欢的座右铭是什么吗？"我诧异地看着她，她又说："普天下受苦的女人，昨天的痛已经承受过了，还有必要反复兑现吗？明天的痛尚未到来，有必要提前结算吗？"心理咨询师的话如一把金钥匙旋开我的心锁，我的心胸豁然开朗："美满婚姻是道色、香、形、味、美俱佳的大餐，对人有无法抗拒的诱惑力，往往让渴望得到它的男人女人热血沸腾，进而把渴望化作力量，一生孜孜不倦地去追求。"

心理咨询师笑眯眯地看着我。泪眼蒙眬中我思考："我身边的男人当时做着三家企业的厂长。我看好他帅气的外表，而且看好他的勤劳勇敢和为人实诚才跟他结婚的。说了不怕人笑话，当年我不顾一切要嫁给他。几十年来，他发挥聪明才智和如簧的巧舌，做生意的业务能力还强，对家庭也负责任，对我也忠诚。”

我闭目凝思，心似被心理咨询师看穿，她提醒：“别把自己看得太完美，一生气就嚷离婚。女人也要学会和不完美的男人共度一生，因为你也不完美。”

顷刻，我的不满情绪仿佛被一阵风吹得云散天开，我身边的大男人哈哈大笑：“是啊，生姜还是老的辣，您说到我心坎上了。心理咨询师，佩服佩服您呵！”他高举双手，还可笑地抬高两脚晃动着以示赞同，仍躺下睡他的觉。

“人都不完美？啊，但不完美正是人活着的价值所在！你事业上稍有成就，这只是体现你做人有点价值嘛。那么，大气点儿吧，以便创造共同的快乐和幸福，这才是人生追求的终极目标啊。”我如此想了还说什么呢？也躺下睡了。

天亮，大男人唇齿间露笑：“婚姻是块酵母，许多夫妻走着走着，就走进了对方的心里而不是渐渐地离开各自的视线。我只是让你每天都早点回家。”

“你……”我再不执拗得如根蒸不熟煮不烂的牛筋了，揩干泪，从他爱抚的眼光里看见自己：高高的身段轻柔仍然坚韧，面色如鸡蛋光滑而整洁。我带着五月的春光去上班。白昼醒来的时分，不知道是梦还是现实。

“明天的痛要提前结算吗？”我试问自己。我打电话对我那两位离了婚的闺蜜说：“常说时间流逝，不对，流逝的是我们。因为男女之间或许有种超越一切的东西,叫人刻骨铭心。”

跟我关系最铁的闺蜜放声大哭:“有爱就有痛。唉……”

火凤凰

上

“减去十岁!”

儿子端详帅气的父亲,惊奇地叫。

凤仪手里拿一张彩照,照片上儿子的新牛仔衬衫跑到陈雄身上。她倏然巧妙地截留脸上的笑,面对墙壁说:“你自个要买的衬衫呢?”

陈雄脸上写着尴尬。

凤仪记忆库里一条沟纹清晰了。那天,她为他买了件鳄鱼牌高级衬衫,他只一瞥说:“没多少人穿的,不见得好。你让人赚了。”

“我只想让你穿得有模有样!”她的心虽被蜇一下,但笑靥依然好看。

陈雄却没有被感动:“你没让我去试穿就乱买!”开始颐指气使,自我膨胀了。

“我的热脸挨上你的冷屁股!”凤仪一气把它塞入箱底,“你自个儿去买最好！”

凤仪摸着发胀的胸口，白色的丝质上衣簌簌发抖，两人一段美妙富有传奇色彩的恋爱故事，从时光隧道跑来，她哭了。

那是大四时，她爱上生物系的博士生陈雄。少女的柔情可爱，和着陈雄暴雨骤风式的表达方式，爱情之树日益茂盛葱郁。一次，陈雄到西双版纳考察半年，返校时，突然听见对面楼房阳台上凤仪的呼唤，竟一跃而起跳上距离七八米、近十米高的阳台，热烈拥抱梦中情人。人们惊愕不已。

导师拿生物磁场测试仪让陈雄带上，偷测出凤仪身上产生的生物磁场和辐射波，得出结论：男孩在沾女孩的光！因此拍着学生的肩说：“近来，你身体健壮，精力充沛，学业大进，都跟少女真正热烈的恋爱有关……”

下

从那以后，陈雄果然像爱护自己的眼睛一样珍爱自己的爱人……

儿子因父亲穿了自己的衣服，便对妈说：“妈，你随便给我挑一件。”

凤仪明白男人穿戴不求量多，但讨厌他们的极度苛刻。双休日，她跑了九十九个店，看了一百零一件衬衫，不易地选回一件满意的。

可儿子穿时脸阴沉：“难看死了，红不红紫不紫的。”

凤仪说：“儿子，你穿出门看它的回头率再说。”可儿子不听。她吼起来了，“那么，你们俩为什么不自个儿跑跑服装店？”

月上柳梢头，人约黄昏后。母亲节那晚，儿子约女友看通宵电影。有匀称的身材和白皙皮肤的靓仔，着玫瑰灰色衬衫，超凡脱俗。

“每一次，我为他们添置衣服，他们首先都否定我贬斥我，然后又穿上它们去接受别人的肯定和赞美。”她才从大脑跑出个横眉竖眼、咬牙切齿的女人，扯住儿子的衣裳，身上白色绣花丝质上衣索索颤动。突感银瓶乍裂，她那曾让男孩很沾她光的神秘磁场复现了：“我能使男人强壮，也就能使男人衰弱！”说时迟来时快，她双眼顿时辐射出一束冷波，儿子左手左脚不能动了。

“嘿，小半残废！”一个快乐的音符掠过她的心尖，另一个重要人物撞入眼帘，她想擒贼要先擒王，便以迅雷不及掩耳的速度出击，击中了对方的脑袋。

“我叫你大嘴巴！”陈雄张大的嘴立刻僵住了。

“我叫你小眼睛！”瘆人的辐射波迫使陈雄重新认识别人，他立即觉得自己越来越漠视女人。

儿子瞧他爸吃饭的嘴合不上，惧怕母亲的冷霹雳再击过来，赶忙说：“妈，其实你是很有审美眼光的。”说完，他逃之夭夭。

“这时，才从儿子嘴里吐出这颗象牙！我多年梦寐以求的不就是它吗？”她捂心口的手松了，从陈雄身上缩回冷波。

陈雄一惊一乍后，赶忙说：“感谢你的关照。”

“哈哈！”凤仪说，我等你这句话等了几百年啦！倏忽间，她身上的磁场辐射超强，拥抱陈雄时两人已变成一对火凤凰，燃烧成一团火焰……

感激太阳也感激月亮

我是个连休息日都没有的女人。元旦休假,我抓紧时间把家里的窗帘卸下洗涤,家里就有点儿空缺感。老公责怪,有的几年都没有洗涤,就你积极;儿子埋怨,妈,房间变得空荡荡的,今晚我怎么睡得着?

我这早过天命之年的人,上班还做家务,又有很多业余兴趣。这天,加上洗涤窗帘的活,不说人累得够呛,就说遭受责怪和埋怨,我就感觉好委屈呢。我去找老同学欧阳诉苦,我说我是一轮永不回落的太阳,昼夜照耀他们,理应接受他们的感激和回报,而他们都是瞎子。

在欧阳的书房聊天。欧阳知识渊博,说,你的尴尬也是古代男人曾有的。我以为他说错了。欧阳说,你不信,就把这铲子拿去,如何如何。

休假,大物理学家欧阳邀我们来到奈何山,吩咐我儿子从山脚下开始挖,要挖7000下。

哇!时间量子铲头部是用来掘土的部位,有块20厘米的刻度表,指针颤颤地晃着。匪夷所思的是刻度盘几乎没厚度,铲头只是薄薄的铁片。欧阳说,黑暗是光明的左手,光明是黑暗的右手,我们朝背阳的方向往右边挖。老公不信他的邪,赌气地喊儿子快挖快挖，挖到“母氏社会”去。

儿子挖了 20 多分钟，隧道似乎到了尽头，大束光线照射出来。往隧道走一会儿，我们就来到一个开阔的世界。狮啸龙吟，虎啸豹吼，杀声震天，漫山遍野的雄性，豹皮扎腰，石器在手，威风凛凛。原来是我儿子大鹏鸟领导的，人类历史上的第一次“两性战争”雄壮的场面。倏然，我们摇身一变，手无寸铁的我和我母亲等部落首领都束手就擒。大鹏鸟站在高高的石头上发表演说，为造反一再辩护。几千年了，我们男人披星戴月，风雨无阻，辛勤地捕鱼狩猎，冲锋陷阵，保卫家园，许多人还献出宝贵的生命。但女人住在山洞里，享用男人囤积的黍谷，还有吃不完的猪肉羊肉。日久月深的，养尊处优了就骑在男人头上作威作福，即使我们从早到晚忙得四脚朝天，也漠视我们的辛勤劳动。

岁月斑驳剥落，让我见到几千年前“母氏社会”演变的痕迹，当时男人的遭遇和我如今受窘的情形，何等相似！我憋屈的心，顿然掉色。

从隧道出来，欧阳说，这是社会心理学的“贝勃定律”在害人，太阳天天普照惹的祸。人脑要受到强刺激才能留下记忆和反应，当你、我、他长期的劳动单调又乏味时，就会使人习以为常，甚至视有若无了。儿子礼貌地附和，叔，男人才会捡了芝麻丢了西瓜。我老公喉咙里打哼哼。我天性爱自己更爱真理嘛，顿悟，人人都会产生的心理味蕾的疲乏现象在作怪哟，搞得我元旦洗涤那么多窗帘那么的辛苦，居然没有得到他们的肯定！

我们心中多了份坦然，中午，请欧阳共进午餐。我咨询欧阳，女人肩负重担，难为家人操劳了。是这样吗？儿子搔搔后脑勺。我的双眼就像要爆裂的贝壳，满含痛苦也有振奋的狂喜，心里有个念头闪现，让人产生亏空感的劳动，谁干？家里的天气由晴转阴……

那晚，儿子说，妈，你是为没人感谢你的辛劳而倍加痛苦吗？起床后说，也是的，别人有时只是帮我做点小事，我就受宠若惊。老公也说，是啊，雨天有人借给我一柄雨伞，不过是偶尔照着的月亮，我便感激涕零，连声道谢。儿子不觉落泪，说，爸，妈妈如太阳天天照耀我们，我们还责怪加埋怨，妈妈骂我们感激月亮却忘了感激太阳，是理所当然的了。我不知道儿子怎么会提问又谈深切的感受，只希望儿子的公司管理今后要自己打理。也许，母子心灵息息相通吧，周末，儿子安排软件工程师加班时说，妈，以后你只要帮忙就可以了。明天就休息吧。

——儿子感激月亮也感激太阳啦！

我梦寐以求的，不就体现在儿子这种关照上面吗？心中绽放一朵清新脱俗的莲花。不料，脑子旋一圈又回头，女人一味苛求男人，也不公平。人类世代繁衍，有些爱是用来辜负的。我看到小宇宙的裂缝，那是我母爱太多太滥，才使儿子对母爱麻木。

星期天儿子去我公司了，老公主动分担家务。从企业退休多年的老妈妈，开始享受舒适的退休生活。但我还是不放心儿子，又犯糊涂想回儿子公司。去老年大学学弹钢琴的路上，欧阳打电话问我，你只爱自己只爱真理吗？

突然，我耳朵如两把有灵性的小扇，活脱脱地在扇动。到这份上，我似只不锈钢保温瓶，外冷而内烫，坚定地抽身而退，让儿子们，让儿子们感激月亮却淡忘了太阳。

歪脖子树也争出头

歪头全身都是骨头，五十多岁了，因头歪而得名。他带着读中学的儿子，靠拾荒收入和一点救济金度日。

爸妈早进了养老院。80 岁的爸过世，歪头去养老院，才知道爸留下的保健品值十几万元。他骂爸妈绝情也心疼钱，突然惊觉，妈也会受骗，连偶尔接济我的一点儿钱，不也都要被骗子忽悠了吗？就急了。

歪头办完丧事回家，儿子说，我们若能为奶奶调养身体，她就不会去买那么多保健品了。歪头的头一歪，摇得如拨浪鼓：我没养生知识！儿子说有项顶级科技，没某种知识的只要有超人勇气，就会变有，还说首例实验不收钱。

歪头着迷。儿子把微信文字翻出来说：哇，人体进入“质子能量守恒机”变成质子，科学家再加入一些东西，从另一个口子出来的人就有养生知识，甚至可成养生专家了！

歪头哪信。儿子给他联系方式，他才信了。这天，他想到爸那么多钱被骗子忽悠，心里冰凉凉的。骗子的忽悠又像火炉把他的心烧得温度很高，眼见妈的退休金也将被忽悠，心就掉入冰窟般，咬着牙说，我要解救受骗的老人！他清清喉咙说，无论爸妈多么绝情，我心中总有个角落是柔软的。现实是他不希望妈也被骗子忽悠，几夜翻来覆去不成眠，我进入那台机器，尽管能重塑个全新的自己，但我怕粉身碎骨。他凄凄惨惨地哭了：如果我成肉酱，妈会似爸那样，退休金都被骗得光光的。再说，不是只有我妈会被骗，而是会有越来越多的人被骗，我不能不管！他只有另想办法。

在这老屋里，歪头老婆嫌弃他歪头又没本事，生下儿子就跑了。这天有人说，一个年轻人的父母多次被忽悠，他就开公司成“防忽悠斗士”。歪头看到骗子无所不在，心更急了。几天里快发神经了，思路回到做实验的事上，身子颤了颤：绝对没人敢第一个吃这只螃蟹的，甩甩头发解脱了，究竟，谁都不敢拿性命开国际玩笑呗！腊八，他和儿子去开元寺吃腊八粥，想到养生在厨房的话，就祈求神佛：给我养生知识吧，让我帮妈调养身体。恰好，一个像济公的脏和尚颠过来，突然撞他一下也塞给他一个脏兮兮的袋子。歪头站起，提着袋子问，这有何用？可脏和尚一下不见了！他不知道袋子的用途，只由于是如济公的人给的，他就把袋子当宝贝藏在床头柜里。

这天，他翻来覆去看袋子，养老院医生打来电话说，他妈几个月来一直腹泻，吃了许多药，不见好转。他下意识地把手伸进袋子，哇，竟掏出一张纸条，上面写了一味中药！他没时间发呆，喊声救妈要紧，如离弦之箭跑去药店买药并绞碎成粉，回家按剂量在锅里蒸熟了，立刻给妈送去。天天如此。一周后，妈的病情得到改善，两周后大便成型，医生也称奇。事后，医生碰到疑难病例便来讨教，比如有的老人便秘，肚子憋、堵、胀很痛苦，他就从袋子里掏到写着另一味中药的纸条，医生把药给病人一用，几天就见效了；有的老人手脚冰凉，尿频、遗尿还夜尿多，睡眠差，怎样补肾、吃羊肉都不见效，他送上另一味中药，医生手到病除。歪头得了个脏袋子如获得一个百宝箱，一下成“神医”，也就不怕妈的退休金被忽悠了。

深夜，歪头听妈叹息：从小到大，我教你得什么病时吃什么，有时把药弄得好好的，你就是不听也不吃。如今，你什么都不懂，是不？可我已经老了，你会照顾你自己会照顾我们吗？他从妈绝望的神情中惊醒，发现爸妈买那么多保健品是因为孤独，也是要让他们的老年生活有尊严！我遇神仙解救妈也解放自己，歪头哭了：我靠这袋子，就可以帮妈调养身体。我有本事完成孝敬长辈的夙愿了！他就去养老院接妈妈。妈听说儿子有个袋子，里头有应有尽有的调养人身体的妙招，就跟儿子回老屋，说出二老当年狠心撇下儿孙去养老院的极端无奈。

歪头和妈吃团圆饭时问儿子：听说伟哥工厂旁的男人，个个都很棒。你在我身旁怎样呢？

儿子说你成“神医”是偶然的，我记下你所有的病例，也去读中医学科综合研究，以后超过你是必然的。

命 运

他被押上刑场。

按泉城古风,寡母来南校场送他。母子抱头痛哭。

“娘,我就要死了,最后求你一次。”

娘应:“傻孩子,有话快说。”

“让我再吸一口奶。”

娘想:一生只生养这个儿子,临终要求哪能不答应呢?她明知没奶水,却顾不上羞怯掀开外衣。

就在这当儿,他怀有深仇大恨般含住母亲的奶头将它一口咬断。娘强忍剧痛,只叫声,我苦呀!红红的汁液,便在胸前洇湿成鲜艳欲滴的一朵花。

明敏的太祖婶婶生个遗腹子,对他百依百顺。儿子三四岁时,偷邻居一把金光闪闪的绣花针,她刚好用得着就留下还夸儿子乖巧。孩子渐渐长大,越来越贪心了,见鸡偷鸡,见狗偷狗。邻居上门告状,她却总是说我儿子非常乖巧,乖得天上少有,地下无双,绝不会偷别人的东西。邻居说她丈夫身葬鱼腹,只留下这命根,疼得稀世珍宝似的,心里哪不清楚这为娘的也贪心。日久,她儿子偷窃变成习惯。日久,谁都不再上门告状,但都提防着。那晴天大白日,她儿子带帮手去偷财主家的东西被发觉了,他掩护帮手逃跑，一面穷凶极恶抄起大铁钎打人，打死一个家丁，就被官府捉了判死刑。按惯例要等到秋天才行刑。也就在他坐等死期的漫漫长夜里，他不断地反思。一天，他突然发现一生是毁在太溺爱他的寡母身上了，不停地哭着，头往墙撞出个大窟窿，鲜血直流。但谁都无法改变他被押上断头台的结局。这时，他所有的痛苦、悲伤、愤懑，只有似掉下的牙齿连血吞。行刑前，他咬掉母亲一个奶头还往母亲脸上啐一口，咬牙切齿地骂道："都是你这坏母亲，从小缺失教示，害得我做无头鬼！"

明敏说："就似太祖婶婶的鬼魂附我身上了。我想起一件事时，就感觉胸部生疼。"那是她和前夫离婚时留下个儿子，儿子不时张着一双如恶狗的赤眼，讨厌被她管教，还三天两日地跑到前夫家吃、住、玩。那次，儿子被派出所拘留教育，做母亲的就落下病根。

还得提多年前的那桩命案了。早晨，明敏见隔壁的门开着，那少妇横躺在床上，身上压着两个大枕头，耳朵有明显的撕裂伤痕。她报警。警察到现场看见死者赤裸有被性侵的迹象，初步断定是强奸杀人案。可把所有的嫌疑对象都排除了，竟找不到凶手。时过境迁。一天，明敏在前夫的外套口袋里摸出一对接口变形的金耳环。在她的逼问下，前夫说那夜潜入隔壁偷东西被揪住了，害怕去坐牢，就把邻居捂死。

明敏身为小学教师，时时为前夫偷窃杀人的事恐惧着、战栗着、疼痛着。后来，前夫嗜赌，连工作也丢了，明敏就跟他离了婚。多年后，明敏在秋风萧瑟的寒夜，遥望天边那弯孤独徘徊的月儿，披挂一身的白月光,醒悟:我身体一直不舒服,是跟前夫这破事有关!心如一块冰,点点融化,连手脚都冰凉了。“我是担心儿子跟曾偷窃杀人的父亲在一起,耳濡目染,会越变越坏啊。”

明敏偶尔阿Q样地自慰:“都说养不教,父之过。孩子变坏,父亲要担责。”直到那天,儿子偷走她的1000元又偷别人的东西被抓进派出所,她在精神恍恍惚惚中回头的刹那,看见有个无头鬼如讨债的紧紧追随她,才感觉胸部尤其的疼,疼得就如患乳腺癌马上要大手术了。瘦弱、胆小、脸色又青又白的明敏,浑身酥软,坐在床边,放声大哭。突然,身边跑来她的太祖婶婶,拖着她到公安局,怒气冲冲地呵斥她一声。明敏只好把前夫的破事,对警官说了。

明敏果敢的举动,使前夫被捕。前夫盗窃杀人,将受到严厉制裁。明敏带儿子去探监,忐忑不安,痛哭流涕:“我不是那种爱告密的坏女人,我只是为我们的儿子!”前夫嗜赌走上不归路,很悔恨。而人走到这份上,什么都想明白了,苦笑着反而安慰明敏:“你是善良的女人。我闻到你身上浓浓的香味呢。”

“小时不要偷针!”

前夫被处决,儿子警醒了。明敏又哭又笑,乳房却没再疼痛过。明敏和中学老师密切配合,耐心督导儿子。儿子克服坏毛病,书也读得好了。

把自己变丑

翠霞天生丽质，却去把自己变丑。

她回家时，双亲还没认出女儿，但当以漂亮女儿为骄傲的父亲发觉她去丑容，就如雷咆哮，操起大扫帚劈头盖脸地打过来。邻居瞧翠霞的眼神怪怪的，谣言四起，有的人说这女孩脑子有病，也有的人断言女孩是碰到棘手的问题。

不幸言中。

翠霞牵扯头上的三千烦恼丝，顿时嘴上起泡泡：只因为我长得美，却有了和别人不一样的人生烦恼和痛苦。她上高中每天晚自修完，都是父母接女儿，偶尔也让她和同学结伴回家。那晚她刚跟同学分手，在巷里被几个小混混堵住了，她惊叫。同学李豪从天而降，英雄救美，从此成了她的护花使者。

可到他们同时考入一所大学时，好事不再有。

翠霞人美学习也好。大一在英语口语比赛中荣获一等奖，更成了男生关注的焦点。只是在她和李豪的忠贞爱情面前，很多人知难而退，有的人脑子坏了越挫越勇。中文系一个男生天天发甜言蜜语的短信。圣诞节，在宿舍楼挂上“翠霞，我爱你”的大红条幅，轰动校园。翠霞明确表示不能接受他，最担心的还是李豪会吃醋呢。果然，李豪多天不打电话，那天中午，她还看见他跟别的女生在一起吃饭，神态亲昵，转瞬又收到他的短信：“我找个相貌普通的，生活就会平静得多。”这话犹如一把利刃在扎翠霞的心。有一天，那个男生又打电话说要为她去死，撒酒疯，站在对面楼上狂喊我恨你，便跳了楼。

迷离的星空，墨蓝的天际悬着一弯金色的孤舟，在云里悄然游荡。

“我是凶手？”

翠霞在躺着也中枪的晕眩中，感觉身边弥漫着误解和怨恨。个别女生还恶意中伤她。那夜，以前沉醉爱河只唱“阳春白雪”的班长，在宿舍里哭泣，竟没人安慰她。

“我长得漂亮就有错吗？”

她有口难辩。几个月没联系的李豪又发短信骂她：“你居然是这种人！”

“我到底做错了什么？”

她躲到后山上，面前滑过“我的开始变成我的结束”的诗句，悲痛得想跳下山崖。

“我为什么轻生？”

风儿吹来，她打个寒战：“命运啊命运，大概是感情在你追我赶中，我在对的时间爱错了人。”她竟然找不到一个好朋友，说心里话。雪上加霜的是她认定是漂亮脸蛋惹的祸，她决定去丑容。

“您可以把我的双眼皮变成单眼皮，把漂亮脸蛋做成普通的吗？”

美容师怀疑自己的耳朵。确认来人要丑容，只有震惊。沉思片刻，她劝告翠霞："别人求之不得的美貌，你好好珍惜吧。再说，我从来都做美容。"

"漂亮带给我的尽是烦恼。假如我的长相普通点，生活就会平静而幸福了。"她嘤嘤地哭诉人生路上的纠结和痛苦，一直求美容师，还请老师做见证人。

老师也摇头。可翠霞铁了心："丑没什么可怕。我想活得好，就要做我不喜欢的事。"钻入牛角尖的她眼泪汪汪："有丑才有戏，有丑才成欢。小沈阳、芙蓉姐姐、凤姐不都是以丑为美吗？"

美容师思虑再三，才跟她讨论方案。数九寒天，手术室里冷若冰霜。美容师改动一下她的双眼皮，稍微加厚了她的脸颊。

——坠楼无恙的男生战栗了。他看见自己带给翠霞的更是无穷的痛苦和磨难，就坦率地致歉；李豪同样震惊也非常懊悔，就和女友分手，立马去翠霞家请求原谅。"你是个瞎子！"翠霞强忍痛苦，二话没说就关上门。李豪只得通过翠霞喜欢收听的电台节目《情感小屋》，频频向她诉说自己的误会，真诚地表示愧疚，终使翠霞涕泪涟涟。翠霞善良而脆弱的心终于被融化了，两人和好如初。

月牙，是夜空那飘逸顺滑的秀发上的漂亮的发卡。李豪不甘心失去翠霞的美貌，头件大事就去找美容师。美容师似捡回一件珍宝说，对啦，我从来不会做丑容的。又拍李豪的手掌喊，你信吗，我能给翠霞恢复美貌。他让翠霞坐下，变魔法般掏出一瓶药水，往翠霞的眼皮和双颊轻抹几遍。又搞得神神秘秘的，半个时辰后，吩咐俩人同时闭上眼睛，数数了大声宣布："翠霞依然那么美丽。”

黑天鹅飞走了。他俩陡然开眼：啊，全世界都在放光！他俩亲密拥抱了。

毕业后，李豪去了一个公司任职，翠霞开了一家鲜花店。许多慕美而来的男男女女，前来欣赏翠霞天生丽质的芳容。“有时，女人确实要比男人更有智慧啊。”翠霞就在店口贴个“苍白体”的广告，几乎亮瞎所有人的眼球。“极简为美”走红，婚后的小夫妻互相理解信任了。

“我不能只想着自己漂亮。只惦记着郎才女貌、恩恩爱爱。我也要有自己的朋友圈嘛。”翠霞这样想就结交了一些朋友。她和她的两个闺蜜热心于慈善事业，长期捐助山区希望小学的几个孩子读书，每周还上福利院看望孩子们，带去好多好多吃的、穿的。

我的健康我做主

我吓坏了。

闺蜜一条血淋淋的小腿，断落在银行大门口。

顷刻，我的血在失重时回流，心被刀片飞速绞碎。不由得回首，在结婚时，婆婆让我们买早餐，中午和晚上都上她那儿吃。她说你们不开伙，新居才保持整洁、安静、舒适。够贴心啊，叫我晕得掉进了蜜缸，爬不出来。

但美好的时光像是我偷来的。我和闺蜜穿戴的巴黎时装比舞台演员的穿戴更华丽。只是我对脸蛋保湿又修复，但皮肤黄黄、涩涩的，身体还有毛病。那天，我对闺蜜低语，我大姨妈要来，胸部硬硬的，有股闷气在身体里左冲右突，无时不在刺激我……闺蜜脱口说，也只有来场雷电交加、狂风暴雨，才云开见日。同科室的大姐没听清我们咬什么耳朵，只是羡慕我，林丹，你还有什么不满意的。你哪修来的福，你老公纵容你的生活习惯并爱着你的一切呢！闺蜜睫毛闪动，接住我们的话题，中秋她得了上万元过节费，她老公满面是笑，说他只分一盒月饼呢。闺蜜的眼窝红了，似笑非笑，脸贴着我说，糟糕，她洗澡摸到腋下、手关节有很多硬块，不疼却令人浑身起疙瘩。她耳语时，我觉得我那高富帅老公就在近处注视我呢。万般春色被情染啊。我望向人间无限风光的不是眼睛而是心，不觉被刺扎住喉咙，更可怕的是，我乳腺增生，还卵巢、肝胆囊肿，我担心不能生育了。可我压抑悲哀的情绪笑笑，婆婆、丈夫不无细心地关心、侍候我，我身体会很健康的。闺蜜挤出笑意，也是的，你做信贷科科长，遇事拿得起又放得下，才会年年被评为先进嘛。闺蜜偏爱的波涛淹没我，我不禁泄气：我也浑身是病！

下午，闺蜜八卦，有位林黛玉般弱不禁风、也似我城府深深的朋友，把房产转到父母名下，她先离婚把房产转给老公。然后让父母也离婚，再让老公和老娘结了再离，房产转到老娘名下再复婚。她买第二套房时，就躲过限购令也不付转让税，直夸这女人太聪明了。我却嘲笑,她尽管有特别抢眼的故事和发人深省的阅历,我不欣赏。闺蜜跟着我撇撇嘴。我强颜欢笑,哼,女人身体虚弱,在爱情、婚姻的跑道就没力量和勇气,跟老公赛跑啊！心里却虚得腿肚子直打哆嗦。

我在下班前偷偷上网,看抗癌女教师的生命日记,是有深刻的人生感悟和启迪的。她言辞恳切:在走入人生绝境时,不希望有人习惯性地走这条穷途末路。究竟,活着才是王道！我懂得女教师的睿智。

只是我不知道如何改变自己。昏黄的日子如老牛拖破车,慢悠悠地向前晃去,几个月过去了。那万籁死寂的夜里,我躺在老公身边睡不着,短叹长吁,哭泣的两眼被荆棘刺穿:不久前,闺蜜昏倒在行里,我送她进医院,她的肾被摘一颗……疗养后上班,她受不了病痛的折磨,悄然爬上18楼跳下去。顷刻,房里的空气被悲恸炸得噼里啪啦响,我起床跑到月下,仿佛望见闺蜜衣裙飘舞的影子,很长很长。但时光没带走我的美梦,我奢望做名家笔下人人心中有、人人手中无的女人！我叩问自己,你也知道健康是人生最大筹码的,但又总觉得只要做好工作就可以了。也是我对活着就是最美好人生境界的向往,捅破了致命伤:我向往贵妇人的生活,盲目被婆婆安排了生活,早上来不及吃,中午、晚上又吃素,身体气血长期匮乏,才会生出许多毛病啊！

这天老公出差。皓月高悬,我点炷香,竭力嘶声呼叫闺蜜的名字。细雨纷飞,阴风习习,狗儿狺狺。闺蜜咿呀一声推开门,拖着那条血肉模糊的残腿,跳到我跟前。涕泪交零啊,我俩依偎痛哭。好久，她抚摸我的脸，说句贴心话，跳着走了。

雨后的彩虹如阳光耀眼。我和婆婆商量，我们另起炉灶。我开始读些养生书。清晨去买菜，荤素搭配；每顿烹饪，捧着菜谱学做菜。我不雇清洁工了，也注意锻炼身体，也去找老中医开滋补气血的秘方……始料不及的是，我这懒婆娘不设防了，向老公道破一直羞以说出的、也是闺蜜留下的贴心话。尽管我每天行色匆匆，整日忙得腰酸背痛的，也没时间打扮了，但见那些集爸妈、公婆、丈夫宠爱于一身的，身体却也时常出毛病的女友，我会以切身的感受婉转地说，勇敢地摈弃华丽的袍子吧，不要哭着享受嘛。也许，是我提高了生活质量，身体调好了，三年后我生了对龙凤胎，家庭充满温馨幸福的浓郁芳芳，不时传出欢笑声。噢，那是三年来我老是警诫自己，你要改变生活方式，不然，要如闺蜜付出血淋淋的代价的。

我和闺蜜不如相忘于江湖了。清明节，我追到奈何桥，拉住闺蜜也说句贴心的话。闺蜜捶头跺足，后悔以前都白活了。

虎妈

我也没料到，从娘家回来后我会这样。

下午，我回来发现我深藏的金银首饰全没了，我报警。警方将嫌疑人锁定在我儿子身上。

儿子坦白，昨晚他捡一把废弃钥匙把我卧室门的打开，他搜出所有的金首饰变现三四万，准备买一台电脑等。

说了有人会以为我有病，可确实儿子被抓我没反悔。那天，法院经审理认定儿子行为构成盗窃罪，认罪态度较好且盗窃的是亲属财物，予以拘役六个月并处以罚金。事情闹大了，亲戚说虎毒不食儿，儿子当庭就叫我"虎妈"。

我是"虎妈"吗？

要说这孩子喜欢偷家里的东西，棘手问题的存在已不是两三天了。虽说我是孩子的母亲我也要教育儿子，但我力不从心。这会儿站在厅堂上饮泣，我说我每次都让他改……

我见叔伯婶嫂都不理我，我喊，你们不是不知道，每当我批评他，他会打我骂我甚至要掐死我。

也许是被我的话击中，在场的人没话说了，可堂嫂还咕哝，不用说，那都是你做母亲的过错。

我有难言之隐啊！夜里翻来覆去想，隔天，我向公司请假，再次去法院提请求，你们关他两三年吧。

母嫌儿判刑太轻？真的是头一遭！老法官观赏怪物般把我从头到脚看了，啐口痰用脚踩了，高声说，盗窃亲属的财物一般不予追究。已接受你的申请重判了，可你再次提出，这是为什么？

儿子是我亲生的啦。我恨铁不成钢！我直奔院长办公室。

我回家时，雷电交加，下起了倾盆大雨。老叔公挡在大门口横眉竖眼的，哼，什么书香门第出身，百里挑一的，这座大洋楼恐怕要败在你这坏女人手里了！

此刻,有谁看见我眼睛陡亮,看见我心里稳把秤能准确地称出别人说话的斤两?! 我愣怔的瞬间,也心痛得不能呼吸,爱抚自己曾娇媚的脸庞,小声应道,老叔公……您说得离谱了。又理直气壮地对堂叔伯们说,我哪里是“虎妈”! 我是想法子让我儿子改邪归正的。我朝里间走,还耸耸肩。

倒是我的犟劲被逼迫出来。那天,我上监狱探望一个重要人物,再去看望儿子,儿子在接待室里不理我,我生气了,说,警官,我真的管不了,请严加管教。儿子怨恨我,你是我妈? 我们一刀两断!

我被万箭穿心。儿呀,你从小到大,妈多疼你。我出门什么活都自己做让你专心读书,我让你吃好穿好从不受半点委屈,可……我不得不正色责问他,妈为你付出很多没指望得到回报,不依靠执法部门我靠谁?

我一把眼泪一把鼻涕,望天长叹,慈母多害儿!

不料,儿子瞪大眼睛,嘴翕张着一副傻瓜模样,我立刻明白了,那是我一向没讲过这种话,亲戚朋友更不会讲的缘故嘛。

我无奈至极,只管往外走,却听见背后传来“咚咚”的两声响,回头见儿子跪倒在楼板上,带着哭腔喊,妈,我从此改过,你饶了我吧?

你不叫我“虎妈”了?

我见他点头,激动得不能自已,热泪涌流,跑去向警官求情。

我回家里觉得很疲倦,腿有千斤重啊。我艰难地踩上踏板,躺在“十八景牌楼”的古眠床上休息,心里恨死我那绣花枕头大草包来着。……鼓乐笙箫齐奏，香雾袅袅中，让闽南人羡慕的绝配——郎财女貌，我和这大华侨家几代单传的宝贝疙瘩结婚了。他自幼娇生惯养，脸皮娇嫩得像大姑娘。我告诉他，你要有阳刚之气的，他便从师习武，但就此方寸大乱了。一日，南洋消息传来，公公在海外逝世，家道渐渐中落，婆婆只好让他去挣钱。瞪什么瞪？那天，他只因上楼梯和人碰了肩，便纠集狐朋狗友大打出手，在公司打死人，锒铛入狱。

外头骄阳似火。我的心被戳疼，醒了，立马下床，又悲又喜跑回娘家，向我妈汇报儿子决心要改正的好消息，也诉说我遭遇亲戚的诸多指责。我妈奇怪一句五六百年的名言，怎么被那么多人轻易地忘了。

我坐在古香古色的大厅的黄花梨椅上，等妈煮点心，我喊，祖先到这儿也四五百年了吧。

我妈没听清，笑笑。在家里，都是你爸管教你们，你爸唱白脸我唱黑脸，一家和和谐谐的，你和弟弟都出息了。

谁会信啊。突然，大厅堂正中那幅绣像上的祖先眼珠一转，脸上露出笑意走下来，紧握我的手，区月，汝不违吾意，又吟一遍醒世名言。

石破天惊啊！

我抱住我妈的肩，浑身战栗，血往上涌，我说妈，我“轻八字”。那天，我在家门口被老叔公带群人拦住时，眼前突然万丈金光——区家老祖宗径直朝我走来，吟诵了那句醒世名言，我心里顿时明镜似的，才敢于顶撞威严的老叔公哪！我痛心疾首，妈，我当妈又当爸,扮演了极其愚蠢的角色,于孩子于自己都有极大害处呢!

对了,隔日,我迈着轻快的步伐回家,一路上似疯婆子,唾沫四溢说我的老祖先显灵,逢人吟诵著名的《三字经》。

农历七月佛生日,村口的戏台上演高甲戏《精忠岳飞》,岳母正在给岳飞刺字,老叔公踱步过来训斥我,岳母教子有方,不像你疯了。

当戏演到岳飞被害时,我没哭却冷笑,"咚咚咚"地跑到老叔公面前,吆喝一声。他一怔站起身,我的话格外的铿锵有力,岳母教出愚忠的儿子是教子有方吗?太惨,太惨了!人前不觉泪雨滂沱。

老叔公踉跄一下,往后退了好几步。

除夕祭祖,全村人在祠堂开大会,老叔公重申《三字经》的一条重要家训。我绽开一脸的欢笑,把半边天都烧红了。

云在蓝天水在瓶

半老徐娘们想出一条妙计,各自在一张以"往日恋情"为主题的粉红色贺年卡上,写一堆情意缠绵的诗句,不落款寄给丈夫,然后回家观察丈夫的反应。

"莫名其妙。"这天,珍珍在修改作业,做博士生导师的海生回家自言自语，把一张粉红色贺年卡递给她看。“在诱惑满街跑的年代，好男人是稀有动物啊。”珍珍一面想一面瞅着老实巴交的丈夫，心里不禁兴奋又不安。眼睛发潮时，一首老歌欢快的音节流淌出来，她忘不了海生把情书写在五线谱上，说五线谱情书最能表达他的情和意；也忘不了五线谱情书是风暴眼，使他们的爱之船停泊在温馨的港湾；更忘不了他的善良和宽容，从不发脾气……一个美好心愿如浮在水上的木头按下又浮起，她想：粉红的贺年卡是一块试金石吗？她就高兴地说：“我给你打及格分！”

知妻莫如夫。海生看着中等个子的大学同学，白衬衣下面裹着条深褐色短裙，举止洒脱自如，脸上盎然笑意。听了她的几句话，微微一笑：“你一向自信，可现在怎么回事呢？是不是对自己没信心？”“不。”她抢答。她天性好强，凡事总表现出很自信的样子，说是她们对丈夫、对婚姻失去信心，请教于我，我脑子转得快，就提议她们寄一张贺年卡去试探各自丈夫。她谈及她同室备课的半老徐娘们，抚摸一下丈夫的脸庞，嗔怪：“你们男人，够可怕的哟。你知道吗，丽丽和倩倩的丈夫接到贺年卡后焦躁不安，闷声不响，随后每晚都不知跑哪儿去了。美华和若男的丈夫三缄其口，表面风平浪静，暗地里却心事重重……”海生明白了手上的贺年卡是女人们玩的鬼把戏，轻轻扇老婆一下，责怪：“干什么啊，你们。夫妻感情怎能以一纸定价呢？”可她坚持己见，“我错？这不是吗？她们的丈夫都……”“嗨，”他的眼睛转了转说，“测什么测呀，你们这种恶作剧非但测不出丈夫情感的深浅和纯杂，反而会损坏夫妻感情，徒添烦恼的。”然后，从怀里拿出一个亮晶晶的手表,说是他的最新科技成果“心度仪”:“科学才是无所不能的,你们女人先用它测测自己的心理健康情况,再说吧。”同时不忘介绍,“心度仪”有10个刻度。人一戴上它,装置就会自动滤取脑电波中的“自信”信号,测量出血压变动及体内一些激素分泌情况作辅助信息,迅速进行运算处理,最后指针才将自信程度表示出来。

珍珍请来她的女友们。那个精致的“心度仪”戴在丽丽手腕上,指针幽幽地闪光,赫然指在5度以下。“或许是你的自卑妨碍了你和你丈夫的感情,你才会算计……”海生“嘿嘿”地笑着。美华手表上的指针摇晃在3度与4度间,她的脸一下煞白:“我自卑又自虐?”臃肿的眼袋垂下来,苍白的脸红晕上涌。珍珍看着她的女友们,女人的心态惨不忍睹,自卑者大有人在,还有自虐自残者,她思想一时短路。海生盯着珍珍的眼睛问:“你感觉不幸福?显然,幸福不是每个渴望它的人都能得到的。”珍珍拍拍自己的脑袋,发觉爱情与其说困难,毋宁说简单。她的聪明之处,就是机智地抓住了稍纵即逝的思想火花:“爱,也是一种能力。”眼前的贺年卡霎时成了另一种形式的“心度仪”,她愤恨它不但没帮女友们测出她们丈夫的情感值,反而测出自己强硬的外表下面隐藏的自卑心。她羞愧难当,抓来贺年卡,三下五除二,撕了个粉碎。

珍珍环视大千世界,望见每颗星星都有自己合适的位置,每朵花儿都有自己美丽的丰采,每个人都有一颗灵动的心儿,处变不惊,心有灵犀:“假若男人是云,女人是水,水就要积蓄底气,奋力冲出瓶颈,为自己的存在表现出生命的亮丽光彩,在蓝天白云间展现水的全部美丽和韵致！”她张开臂膀，倏忽间，如一只展翅开屏的金孔雀飞起来了，飞向蓝天白云间。

几度夕阳红，当年寄陌生贺年卡的半老徐娘们，桃李满天下。收获后的爱涌上头顶，开出朵朵灿烂的银菊，女人们都变得非常漂亮。

幸福来敲门

华裔女孩虹虹的心脏手术，非常成功。

之后，更令人高兴的事被她撞上了，英俊潇洒的彼得闯进她的生活，对她一见倾心，百般呵护。很快，两人就在亲友的祝福声中举行隆重的婚礼。

彼得极其疼爱她，在云淡风轻夜，都喜欢伏在她胸口，倾听她“突突突”的心跳声。她对此很高兴很激动，感觉自己是世上最幸福的人。

不久，她却郁郁不乐，那是有人对她透露：彼得前女友是个绝顶聪明尤其漂亮的女孩，他很爱她。

她浑身战栗。三年前，常抚摸着她的脸如欣赏一件精美艺术品的杜熊，只是那次见到她嘴唇发紫，手脚冰冷，冷汗直冒，便不辞而别，从此不见踪影。她就此陷入深深的哀怨中，病情越来越重，只好辞去银行的工作去就医。

眼前,一度沉醉在幸福蜜缸中的人乐极生悲:彼得那听心的怪异举动,看来不能作为美好的插曲,伴随甜蜜的生活乐章奏得更和谐啦!

彼得仍爱着前女友?她一颗心如漩涡翻滚着。那晚做了个噩梦,梦见自己跟他分手,精神受不了打击而忧郁成疾。醒来后,掩面而泣,三步化作两步爬上楼顶,一阵唏嘘。寒风刺骨,她一时悲痛欲绝,竟要跨出护栏……

好在彼得一时见不着人,四处寻找,立马在楼的顶层找着她,见她眼眶红红的,听她回话的声音哑了,就关切地询问:你哭了?微笑着一个箭步跑了过去。这时,他知道世界上没有不透风的墙,想说点什么却欲言而止。

夜晚,彼得倾听着她"突突突"的心跳声,一起上网。

他们上百度进入个界面,她见到一位娇小玲珑、金发碧眼的女孩,知道那时女孩大学毕业,对导游工作踌躇满志,可一直抱怨头疼。那天,医生发现她脑内肿瘤爆裂,人进入"脑死亡"状态。彼得把鼠标往下拉,她并且知道女孩在入院前说:人活着应对别人有用,即使死了也要对世人做出贡献,尽我所能。那晚就在键盘上打字,悄悄地网签了全部器官的捐献协议。

彼得的样子很痛苦,把脸扭到一边,一手摩挲着虹虹的肩膀说:女孩去世后,就是她的捐献协议,这份无私的"生命礼物"改变了二十多个人的生命轨迹,你是第一名受益者,幸运移植了她那颗最宝贵的心。

虹虹浑身倏然一抖,黑色瀑布裹着白净的鹅蛋形脸上,扬起惊讶的眉毛，然后把手放在胸前，眼里的大珠小珠顺着脸颊纷纷洒落。不由得抢过鼠标再点一下，便看见一个个五彩缤纷的画面：

那五十岁的糖尿病人移植女孩的胰脏和一个肾脏，术后已无须透析。

那两岁男孩患严重肝病，移植她的部分肝脏得以起死回生。

中国飞人刘翔移植她的腿脚肌腱，又箭步如飞了。

这夜，女孩捐献器官的美好画面使人浮想联翩，虹虹被深深感动了，对彼得说：一颗露珠，不会在叶片上停留很久却可以映照整个世界，这一切多么激动人心呀！彼得点头，笑了，但眼角挂着泪。

虹虹觉察到什么，可是没吭声，进而倾吐她的衷心赞美：女孩的生命虽短暂却无比辉煌，那是由于她有颗比金子还宝贵的心哟！

可这么好的人怎离开了我们。她倍感惋惜。

彼得纠正她，不，她活在你的心里！

我是否因为拥有这颗非常善良的心，我也能……她试探彼得，两人目光交接。

彼得暗想，生命可以用另一种方式存活，便应道：也许。

彼得尽管心底有事，但祈求妻子身体好，祈望婚姻美满。不过傻傻的彼得，只会天天伏在她胸口倾听她“突突”的心跳声，细语轻声给以抚慰。

年初，虹虹怀孕了，后来生了个漂亮的女孩：金发碧眼，人面桃花,竟跟捐献器官的女孩一模一样!更令人啧啧称羡的是,女孩出生四个月,就能讲一口流利的英语,发音也如那女孩一样柔和动听!!

彼得相信,女人怀孕时天天想着谁生的小孩就似谁的说法,不是天方夜谭。他明白凯西在虹虹心中的地位,就道破心中的秘密:虹虹,那是我前女友——凯西。

虹虹怀抱见证他们爱情的结晶,美丽的杏眼会说话:我,还有我的小宝贝都很感激她。哟,是天地造化,才使得我的婚姻洋溢着鲜活的生命,充满着明媚的阳光啊!瞬间,隐藏在她心中的那颗如原子弹的东西爆炸了,那日,她也网签了去世后捐献全部器官的协议,同时对彼得说:我拥有一颗凯西钻石般高贵的心,我也要倾其所有,乐于助人。

在云淡风轻夜,彼得又伏在虹虹的胸口,倾听她"突突突"的心跳声,并紧紧地拥抱她。

爱心不是烂苹果

凌晨4时,在网吧猝死的少年挺英俊的,我也疼爱他。

今天我面对他家人的问责,剖心解腹地说:"那天凌晨5点,我们实施几趟急救,人很疲倦了,但一接到120电话,我立即精神焕发。救人如救火啊,是我做医生的天职,义不容辞。那时少年已没生命迹象，但我考虑到他还是个未成年孩子，身体也很好，死了太可惜，又考虑到以往遇到有人在心脏停搏 3 小时后，因不间断抢救又远离死神的成功范例。这孩子有救活的可能！我一边叫救护车开往医院，一边不间断地为他做心肺复苏。”

我也是个孩子的母亲吗，我明白做父母应负起的责任。我处在一心救人，反遭死者家人问责的不满情绪漩涡中，反问家长：“那时，作为父母的你们在哪儿？孩子玩通宵，父母不管吗？”可家长不予理会，只会吵吵嚷嚷。我心里只得祈祷：“上帝啊，你给我力量吧，关照我这表面文文静静，其实性格坚强如钢的女人。”

我只好求助于网络，多次发帖说：我没妙手，但我有仁心，我想救人，结果没成功。死者家长的问责，同事的冷眼，没想到会给自己和医院造成这么大的麻烦，我感到很委屈，甚至耻辱。我又说：这几天我半夜惊魂，认为自己错了，没严格按照制度做事，在人心跳和呼吸停止的规定时间后就宣布病患死亡。我错在好心办不了好事。朋友们有各种跟帖，有人说这是医院的歪风邪气害了你，造成信任危机；有人劝慰我，你以后抢救病人要留个心眼……一些话说得我心情不免很悲哀，我说：我心里难受，觉得有什么东西把我的道德缚住了。梦里我哭过好几场。我有点糊涂了，不知道今后要怎样履行天职。

我也接受记者采访，捶着脑袋说：“今后我真的要留个心眼，才不会遇到如此尴尬。”是啊！那时我只想救人，怎么没想到、没想到保护自己呢？我突然想起警察提醒我，把死人拉回医院可能会吃官司，但我只想救孩子……救孩子嘛。我把心里话，一股脑儿倒给记者。

记者采访时,同事跑进来,咬住我耳根:“主任,太奇怪了!医院对面那个大广告电视屏上,出现那个猝死少年的影像。”我是唯物论者,我不信。但同事说是真的,少年还请抢救她的医生,有话急着说。我傻了,心存怀疑,但还是跑去了。

果然,不可能的事情发生了。猝死网吧的英俊少年站在广告屏幕中央。有人演幻灯片?不是吧,那又是什么呢?正揣测着,少年张口了:“医生,您好!感谢你的尽心尽力抢救,我向你鞠躬了。”“好一个知书识礼的孩子。算是我的爱心没放错地方!”我安慰自己。刚听完他的话,我心中的疙瘩如被火热的熨斗立马给熨平了。少年接着说:“阿姨,你不要委屈,你没什么错,错在我父母,错的是黑网吧。”他说他父亲是个高官,包养7个情妇,为防止情妇争风吃醋,这学者型父亲运用MBA管理知识,让“首席情妇”用分类法统领其他情妇,使她们之间长期相安无事。但有事的是他母亲,她无权无势也无力对抗父亲的专权,只得整天去豪赌。“阿姨,你知道吗?”少年沉痛的声音又响起,他们把我寄养在叔叔家里,叔叔让我住得好、吃得好又给我很多钱花,但没人疼爱我,我活着有什么意思呢?少年反而劝慰我:“我是存心让自己死的。阿姨,你别难过。”这些话让在场的人都听见了,所有的人都发呆了。

“天下居然有这种事情!”我的心情很沉重,觉得痛心,便说,“好孩子,你要善待自己,不然,阿姨好心成了驴肝肺。”说完,少年的影像就消失了。

突然，天空中飘起仙乐，大广告视屏上映现几个红字：智者警惕恶，仁者践行爱。我还听见旁白：坚持做自己该做的事吧，这是一种勇气和为人道德。我被感动了，心里立刻把发帖的废话全删了。阳光灿烂。我看见前面的道路，又宽又广。翌日，我们的救护车，依然飞驰在救死扶伤的路上。

顿时，我也想出道道来了，莞尔一笑对医生和护士们说："如果爱和信任是个手手相传的苹果，那么我们的爱心，肯定不是一颗烂苹果！"

红　舞　鞋

女人的日子，古老又年轻。

下班，她的脑子嗡嗡地响，从头到脚都透露出疲倦。可进了家门，未等她把"累死了"三个字吐出口，他就笑脸一开，凝视她的双眸，夸她前日煮的红萝卜牛肉饭香甜可口，下饭的七彩汤更是满口喷香。女人的一生，只要有个爱字就满足了。她听他一声赞美，惨白、瘦削的脸庞泛起绯红。况且，她早被告知，女人抓住男人的心首先要抓住男人的胃，因此，她挽起袖子下厨房了。饭后，又刷锅、洗碗、擦地板、洗衣服。她瞥一眼袖手旁观的他，"扑哧"一笑："哎，我怎么这么贱呢？来自他的一声夸奖，竟令我心花怒放。"

她坐在椅子上休息。聪明的男人选择她缄默的时机，悄悄挨近并搂紧她的腰肢，恰到好处地给个响吻后说："饭好味香色美，人也美极。"他酒足饭饱，心满意足地赞叹："你是爱抚我生命痛处的良医，又是缓解我灵魂痒处不适的窗口。"他和她耳鬓厮磨，话语充满柔情蜜意："我命好，碰上个美丽、能干、贤淑的好妻子，没有丝毫经济上的后顾之忧，而且为我建造了温馨的港湾，让我吃好、穿好、睡好，连梦都是赤橙红绿青蓝紫的霓虹灯，色彩缤纷。"他的话让她受宠若惊。她撑起身子，回敬他一个又长又甜的香吻，换上一袭白色的裙袍，脚踏一双精美无比的红舞鞋，立刻云散烟消了疲倦感。她舒展粉红的广袖，在宽敞的房中央，似一只荆棘鸟引吭高歌："我想有个家……"在她唱着想要的这家里，忘我忘形，跳入了音乐流体的漩涡里。

"好，再来一个！"

在喝彩声中，她为那个崇高的字眼，焕发出超然的青春活力，点燃生命里辉煌的一支蜡烛，宛如急剧旋转的陀螺样疯舞了。华尔兹、恰恰、伦巴……本应两个人配合完成的动作全由她一个人完成了。她不免嘀咕：我脚上这双鞋怎么如此神奇，一蹬上它，就热血沸腾，精神亢奋，手舞足蹈？她旋转，她展袖，她踢腿，她转身，她弯腰，跳得眼花缭乱，电闪雷鸣。而且真见鬼，想停时但再也停下来了！

醒时，她头昏脑涨，全身乏力，不能起床为他煮热气腾腾的牛奶煎溏心蛋了。她深感内疚，说声对不起。他却不吭一声，只喝几口麦片就出门了。她没吃没喝，昏昏欲睡，再睁眼时他回家了，只瞥她一眼。广寒宫里的“寂寞嫦娥”又饥又渴，“我再舒不开广袖了。”心里苦恼又害怕，不知怕什么，只是感觉不对劲：“我已经竭尽全力了。可他怎么不管不问我呢？”她忍着孤寂的煎熬，梦境里几次蹦出惊喜，但时间跳在黑白琴键上，奏着生死交响无言曲，多么悠长多么悲凄。两天过去了，她还不见他问病情，心都碎了，有点疑惑：“那是他从小没了父亲，没受过爱的熏陶少得到爱的训练，才不懂得如何表达他的关爱吗？”失望的泪珠滚下来，滚在她的心底里。近处，有一首歌低徊着，令她思绪万万千：别人是好想把爱人藏在胸前的口袋中，暖暖地融化，再也离不开。可是夕阳西沉，我等待到的，没有相惜也没有问候呀。

月白风轻夜，她心游万仞，神骛八极，隐隐听得一股神秘的声音澎湃起来。她在清亮的心空，清点生命储存的库房。“婚后多年来，我穿着红舞鞋，漂泊于茫茫人海中，忙碌于生活琐事里，载负着沉重的人生……”一个声音突然在她心中激荡：“那红舞鞋是他从魔鬼手中取来的吧？一穿上它，我就无法自控！”

她起床了，喝水、吃饭、看病、疗养，身体渐渐恢复元气。

第三天，他回家才关切地问：“你身体不舒服？”

“我去看病了。医生吩咐我要休息和注意营养。”女人躺在床上，冷漠地回答，心里打定主意：今后，我不想只让你一个人高兴，再不跳舞了。

这天，他早起，去菜市场了。

她吃下他做的半生不熟的青椒炒猪肝，欲吐，不过忍住，笑着说：“我们都在上班。家务，你也要做。”

她休息几天,脸色返红,病稍好就去上班了。偶尔,也穿红舞鞋跳跳舞。

时光一去不回头

全家人欢聚一起共享天伦之乐,此事对于她,已是可遇不可求的一种奢侈。

女局长被撤消党内外的一切职务,并因偿还车祸欠债而无家可归,而要把一双儿女抚养成人都很困难时,发出天问:"人世间'香火'为何物?"她又哭丧着脸说,"我只能怨自己。我为'香火'付出的代价太大了。如果人生能再来一回,我定要重新活出一个人样来!"

欧阳博士见她自怨自艾、后悔不及的样子,想把她从失魂落魄中拯救出来,便请她去坐时光机,他说:"只要不是虚无,理想总是生命的旗帜。"他教她只要按一下,就可进入选择的时间段,想怎样活就怎样活。他说罢,时空错位啦!

她叫仙桃。那年,是公社的团委书记,名字虽很土,但人长得美艳,可谓百里挑一。又因工作表现突出,获得省"新长征突击手""三八红旗手"等一系列称号,被提拔为县物资局局长。你别看她在局里说一不二,呼风唤雨的,但她在家里要时时看丈夫眼色行事,原因是她生了女孩,家里人不高兴。那夜,她哭丧着脸说:“我也想生个儿子,但如果超生,我不但要丢乌纱帽,还要被罚款。”不论她百般柔情劝慰,丈夫都怏怏不乐。她苦思冥想,一日终于想出条延续“香火”的计策,一时欣喜若狂,不过有点顾忌,自言自语:“这苦肉计一实施,也许我是为丈夫传宗接代了,然而,我把莫须有罪名加在小保姆和丈夫身上……”吃饭时,她瞥了小保姆和丈夫一眼,目光定在丈夫身上,脑子涌动一种念头:“冤枉小保姆是小事,只是丈夫极要脸面活受罪……”

女局长想了三天三夜,眼圈黑了,精神防线几乎崩溃。那夜,美丽绝伦的观音菩萨徐徐飘到她的床前,出乎意料又意味深长地说:“欲问‘香火’是何物?‘香火’是美丽的陷阱。”大慈大悲,救苦救难的菩萨使她顿悟:“谁说女儿不如男?”她这才真正听懂那位伟人关于时代不同了,男女都一样的话,心中自有了主张。那日,她对丈夫说:“人最好不要钻牛角尖。你好好想想,‘香火’究竟是何物?你若执意要我生儿子,我只能丢车保帅,可那就首先毁了你……”她以自己成长的经历启发丈夫,说女儿只要有出息也顶个儿子,你家的“香火”仍很旺。人要面子马要鞍。丈夫算是通情达理的人,默默地点头了。自此,夫妻一心一意教养女儿,女儿也很争气,不久以优异的成绩考入北大。他们也在各自岗位上创造了非凡的业绩,一家人的牛活如泡在蜜罐里一样。

时光机里的美好境遇,犹如一朵鲜艳夺目的牡丹花怒放在她的心里,占据了她所有的思维空间,令她无法面对现实中残酷的人生、残破的家庭。她捶首顿足:“一招走错,满盘皆输呀!”每一个过去影影绰绰地重叠起来,使她背负太多,她眼前顿时天昏地暗，电闪雷鸣："我使用苦肉计后，丈夫顶着私通小保姆生下个儿子的罪名，被开除公职及党内一切职务，因此声名狼藉，脸面扫地。他乐极生悲，不久抑郁而死。而且祸不单行，当小保姆偷走周岁儿子时，我在寻找儿子的路上发生车祸，伤人伤己，差点没命……"她一面咬牙 刃齿地诅咒小保姆，竟敢跟她抢儿子，使她怒上法庭，秘密泄露；另一面她咒骂自己既然当了国家干部，又忘记慎独，才跟丈夫设了丢车保帅计，害了丈夫也害了自己。她突然绝望至极，"咔嚓"一声咬断舌头。

欧阳博士哪会想到时光机时间错位，竟把她的痛苦拉得更长，只是考虑到她还有一双儿女要抚养成人，还有一段很长的人生路要走，就快刀斩乱麻地说："虽然时光可以切割，但空间不可转移，所以，你要好自为之。"

她抱着脑袋呜呜咽咽地哭，俨然在唱一首悲歌，转眼自暴自弃，头又往墙上用力撞去。

但晕过去是暂时的，醒来还要继续度过未来漫长时光的。她右手握拳掂了掂，狂呼一声，似乎把命运牢牢地攥在手心里。

夜 半 掌 声

山城树林边啊，有一口深不见底的老龙潭。有谁在潭边"噼噼啪啪"地拍着清脆的掌声？

这千年老龙潭,吞没了我这个争强好胜的女人。

一天,总经理为奖励我设计的女式休闲服装系列受到顾客的欢迎,馈赠我一支小小的金笔。不是我夸口,自小,脸上有颗福痣的女人,一直躺在算命先生的赞美诗里睡大觉,而且走到哪里哪里亮。下班,我拿回总经理馈赠的那支金笔,也是想借此鼓励儿子德、智、体、美、劳全面发展,也想昭示身边男人一点什么,便把金笔转赠儿子。可我那男人咳一声,连瞧一眼也不瞧,让我的心蒙上一层阴霾。半夜,他悄悄地从抽屉摸出那个闪光的东西,朝十八层楼下扔下去,我有酸的痛觉。我问他,我的金笔呢?他却答得牛头不对马嘴:好,好,好,一个臭男人给你一支臭笔,你竟如获至宝。我们名门望族的后代,个个都是好男儿。我为了你为了这个家,忠心不二,含辛茹苦,没功劳也有苦劳,可你为什么不……婚后多年来,他每天必做的"晚汇报",那一个个渴求被欣赏的神情,如图片般一张张被我翻阅,我失眠了。

男人总能吹响自己的喇叭,为什么女人不能呢?无论他不时把情歌唱得依然年轻,无论他对我关怀备至并呵护有加,也没能阻止我的心被什么重重地抻一下,振荡出一阵颤音。我躺在床上,美梦噩梦一个个接踵而至。我在企业陷入困境时,没荒芜自己的田去耕种别人的地。抓住别人瞌睡的机会,我在自己的田地里默默耕耘,十年辛苦不寻常,我不啻有一技之长。下岗后,我受聘于一家名满天下的制衣公司,搞女装设计,竟逢山开路,遇水造桥,一下走向成功天街。但最亲近的人总轻描淡写我的工作不过是雕虫小技,没什么了不起;有时还说我是个笨女人,有这样的好家庭还不满足……

或许,饥者易为食。因此,白天我迎着同事羡慕的目光,接受总经理馈赠金笔的情景,竟如一阵经久不息的掌声,在我耳际急剧回响。一个强烈的意识盈涨:你自己不吹响喇叭,别人就会当你是个痰盂!我心灵之眼爆出一束亮光:女人要为自己鼓掌!我一骨碌滚下床,走出房间,端端正正地站在古香古色而阴霾弥漫的大厅中央,郑重其事地为自己鼓掌,浑似饥饿的人扑在面包上。但家里有谁要理睬我呢?婆婆坐在八仙桌旁咳嗽着,公公阴沉着脸说女子无才怎么样,小姑小叔的表情也是冷冰冰的。我只得逃出门走向街头,为自己热烈地鼓掌。而周围,也是风刀霜剑么,人们惶惑的目光终使我无法承受。一影碎念,一场风花,浅吟低唱成悲歌。不轻易流泪的女人狠狠地哭一顿,居然也没人劝慰我,我那男人还复诵公公那句早已不合时宜的话,我一时想不开,便让姻缘破碎天涯,纵身跳入长满青苔的老龙潭。

在夜深人静时,我粼粼升腾的梦魂就从潭里升上来,为自己一次又一次热烈地鼓掌。现在,我虽然妒忌天下女人们的成功,但也在为她们疯狂地鼓掌呢。

红 蝴 蝶

人鬼情未了呵！

在我爸谢世的那瞬间，一只行将枯干的蝴蝶，忽然闭合双翅，至死不渝地凝固在红花绿树丛中，浑然天成为一座“雕像”。我的心被强烈地震撼了。

父亲的“红蝴蝶”！那要追溯到我母亲逝世一周后的那个血色黄昏。一只美丽的红蝴蝶，披着梦幻般的霞衣唱着飘飞的诗歌，横断秋水，自古典的山涧飞来绕院三匝，然后徐徐地歇在我爸肩上……小女要我去捉，父亲制止我，儿啊，这是你妈的精魂，他说，那年你妈坐在村头池塘边，望着林边一丘孤冢，忧心地哭着说：“老头子哟，我若死了不惦记别的，唯独放心不下你。我要是真能变为一只蝴蝶就好了，就天天飞回家陪伴你！”

不知怎么，我妈死后，我爸坚持留在乡下老屋，我常去探望他。一次，他跟我讲起红蝴蝶：“孩子，我不是不想跟你们一块过，而是我大半生都被你妈侍候惯了，生活的方方面面都无法自理，笨手笨脚，我怕牵累你的媳妇。”我了解了他的苦衷依了他。

话说我爸么，以前是个文学编辑，曾撰文发表高见，要奋斗就要有牺牲。女性的无私及奉献，是一种责任意识，是人格独立的表现，是女性乃至人类的美德必不可少。但那天，他怅怅地对我说："你妈生前对我很好，可怪得很，那时我对她只有感激之心，绝没爱慕之情……"事后，他心绪不宁，说女人只为别人不为自己，最终是女人为此付出全部自尊的代价，而且男人也为此付出沉重的代价，我才会在失去你妈的照顾时，如去手断脚那样。

人之将死，其言也善。我爸在撒手人寰之际，说他脑子里全是以前他对母亲的大声呵斥和指手画脚，发出阵阵叹息："女性担负着人类伟大的使命，竟是一张白纸任人描绘，荆钗布裙，粗茶淡饭，辛劳一生，碎如齑粉。"终于，为爱过劳死了。他说一直不明白，女人为什么一生竟以全部心思去爱一个男人，至死不渝？也许不明白才会明白，他的思绪跟随飘舞的红蝴蝶上下翻飞，情绪系统最后完成一次自动整合，三年后的一天，他正色地对我们说："人生本是无保障的。一个人的幸福必须由自己亲手去创造。"一会儿，他又说我想好了，一个女人的一生应当这样过，其中的三分之一时间去爱世界和生活本身，三分之一时间去爱一个男人，再一个三分之一的时间去爱自己。女人要恰似只春蚕，尽量地吸取人间一切美好的东西，吐故纳新，成蛹破茧，最后蜕变为一只风度翩翩的七色彩蝶，让生命花开惊艳。话毕，他要到院子里走走，我劝他不要勉为其难了，可他让两脚沉甸甸地垂地。在我和妻子的搀扶下，他艰难地走到院中央，目光一下逮住那只栖息在花树上的蝴蝶，嘴里飘忽一串美丽的音符："我背叛过你，不值得你为我至死不渝。你飞去吧，飞高点，飞远点……"

尽管红蝴蝶玉魂香殒，但我们还很感谢它。如今我和妻子、女儿，都把爱生活、爱自己、爱爱人，划分出最理想的比例。

双面女郎

在江南某市的一个巾帼英雄演讲会上，重工系统的北方大美人，正讲到她的爱情绵绮粲目，不拘一格。她说在东北老家碰见一个典型的南方军人时，爱情粉红的帷幕便从梦幻中徐徐降落，竟把矮矮丑丑的男人形貌，深深地刻在脑海里，融化在血液中，并让爱情落实在行动上。

再次和北方大美人相遇，是在检察院办公室里。她那位梦中情人转业回地方在某公司任职，因贪污挪用公款百万元去玩老虎机，被立案收审，案子由我管着。那天，她找到我的办公地点，掏出一个鼓胀的信封，五官填充着笑，低声说："他为玩要犯罪，若被判刑，真是冤枉至极！"她又闪烁其词，"市场调节嘛，于你于我……"刹那间，一股阴风旋着冷飕飕的气流冲入大厅，昔日"巾帼英雄"变得我不认识了。我的眉毛一抖，两眼跳跃鄙视的火花：双面女郎！只见北方大美人的后脑勺的短发里，竟藏着一张又脏又丑的脸孔，叫你见鬼了样。我牢牢地盯住这隐匿在美女后脑勺里的怪脸，觉得它犹如猪八戒的嘴脸，丑陋不堪得让人腻烦，腻烦它的油腔滑调了。

我最后一次见到双面女郎，是在我家客厅里。她如何摆平上面的人，我不得而知，但她使头头让她那位不但嗜博成性，而且嫖娼被捉的丈夫保外就医，却是明摆着的事儿。她和演讲会夺魁的“巾帼英雄”相比，已面目皆非、判若两人了。甚至，还有一副不撞南墙不回头的样儿。她坐在轮椅上叨着：“感冒或什么来着，使我大病一场，汗出了一身又一身，却不见好转。”她还说花了不少钱，身体其他机能恢复了，唯独双腿不行。“迈不开腿，你懂吗？”她胸膛挺挺，腰板直直，手脚却做着迈不开的样式。

“我懂，而且懂得很多，一般女人都缺钙。”我莫名其妙地抢白她。在我深切关怀的目光下，对方视线游移不定。我的头发疼：“演讲会上的‘巾帼英雄’，为什么跟一般妇女没两样，病在根上？”

不陌生的感受漫出我的心，漫遍周围各个角落。“哦，说来话长。你知道我不笨，女人缺什么我会不懂？只不过婚姻是社会的产物，几千年来，女人选择个男人就摸着石头绕不过，尤其是我这北方来的媳妇。”

幽咽之声从哪儿传出？我的魂灵飘到小时外婆家。向阳坡上，一只公鸡，老、秃、丑、怪，可它后头竟跟着外婆家所有的母鸡，一共十几只。村边那只瘸腿的公狗昂着头出现在草坪上，母狗带仔就都……不知不觉间，我十指蒙眼，一阵恶心，那是一股酸臭味，侵袭了我神圣的领地。

我寒暄着送这对夫妇出门，北方大美人仍说：“……女人较男人不喜欢赌博，是由于女人……”

我望着北方大美人渐去渐远的背影，记得有人说，女人献身于男人的事业，是天底下第一风险投资。我眼中的女人就一会儿大了，高大得如一个大英雄；一会儿又变小了，小得如一只小蚂蚁。

多年以后，我听说北方大美人的男人又犯事坐牢了。而最终，她也出轨了，暗中找个情人度日子，只是仍没对丈夫提出离婚。

不久，我又望见她迈着艰难的步伐，出现在法院某法官家门前呢。

时间银行

当她摔倒时，刚刚面无表情走过的人停下匆匆的脚步，一束束关切的目光扫过来，一双双热情的手伸出来，有人搀扶，有人递水，有人给肉包子吃……老人家，没摔坏吧？奶奶，疼吗？温馨的关怀，使她浑似被打了麻醉药，身上的疼痛感和惶恐立刻减轻啦！这是老奶奶给我讲的，她第一次摔倒时的美好感觉。

老奶奶，苹果脸，白皮肤保养好。上体穿的是黑底绣着枣红花的外套，很整洁。我搀扶这位古稀老人回家去。她住在城市结合部简陋的旧房里，说无儿无女，和老伴只靠低保度日，自己还高血压。临走时，她紧紧地拉住我的手，妮儿，我是电影《海霞》的原型，以前是个英姿飒爽的女民兵呢！

我回居委会打电话给那社区的同行，说了老奶奶摔倒的事，那边的人哑然失笑，你被骗了！我说不可能，同行说，或许是怪癖，五年里她已摔倒五百多次，乐此不疲。上月，我们接到派出所几次通知，到那儿一瞧，摔倒的仍是她！好恶心呢。同行还说她有儿有女，日子过得去，末了不忘戳穿她的谎言，她叫红霞，不是海边人，哪里是电影里海霞的原型！

我一次去老奶奶家附近办事，顺路去看望她。我问老奶奶，您的孩子不来看您？她不假思索回话，儿女比不上搀扶我的那么热乎那么贴心的人呢！您一次次跌倒，就不怕摔伤也不怕被人怀疑？老人木木的抬起头来，脸泛酱紫，许久才说，妮儿，没人理我，我好难受啊。我宁愿千百次跌倒！我便读懂老人了。

这天，我听说老奶奶身体不适，就带社区的几位腿脚利索的爷爷奶奶，前往探望。我为她洗衣服。有个奶奶给她熬粥搀扶她起床吃饭。老王弯下腰询问她看病了吗，陪她说了很多话。平日冷清的小房间里传出了欢笑声。回来的路上，老王建议——我们办一家“时间银行”吧。让年纪较轻的身体好的，干些力所能及的事，我们记录下来储存着。今后，随着他们年龄的增长需要别人的陪护和帮忙时，就可免费得到同等时间的护理了。

老奶奶频繁在街头“摔倒”的事儿，天天都在我眼前浮现，我的脑袋里跑来无数的爷爷奶奶。我想，社会老年化问题能不能用其他方式配合解决呢？老王的建设性意见好嘛。市社保机构支持我们进行尝试，有一家软件公司赠送了一套“时间银行”软件，我所在的居委会率先进行试验。

我邀请很多爷爷奶奶参加社区的“时间银行”，那天，找刚退休的农业局老局长。他了解情况后脸上乐开了花，说，老人在手脚利索时把时间积攒起来，无论如何都不吃亏，就一口答应，还说你们这是把农村的邻里互助精神引入城市，好哇。他喜滋滋地说，农村人都会照顾自己的亲属、朋友、邻居，不索要工钱，况且，“时间银行”把照顾别人的时间积攒起来，即使他以后不要别人的陪护和帮忙，也可以把时间折合成付费服务嘛。我想他说的极是，便请软件工程师，把时间折合成付费服务的功能写进程序里。

闲时我想，老年化社会问题的解决看来要提倡多条腿走路啊。“时间银行”开始运作，社区不少爷爷奶奶都热情主动地去帮助老弱病残的，形成了一种和谐的社会风气。社会的保障体系在逐渐完善，“时间银行”通过网络打破了人与人之间的壁垒，每天早晨，我都上网问那位老奶奶最近如何，哪位老爷爷需要帮助，把老人心里最迫切需要的关爱和尊重变成日常程序。那天我上线，请住在红霞家附近一位年轻点的奶奶，跨区去招呼红霞出来散步，到她家和我通视频。

妮儿啊，以前我在街头走着走着，就希望头次摔倒的情景再次来临，腿脚一软就再次摔到了。两次三次，五次十次，居然成瘾，现在一想起来怪不好意思呢。

哈，老奶奶终于明白以前是误入歧途了。多好的事情啊。老奶奶又说，现在，我没故意在街上摔倒，也没说我是电影海霞的原型去引人注意了，照样得到你们的搀扶、关切、询问和尊重，这胜过儿女们过年给的大红包。我谢谢妮儿，也谢谢大家。

红霞老奶奶白净的圆脸笑意盈盈。我高兴极了，奶奶，对我的工作多提宝贵意见吧。她大点声说，谁会信呢，我没人注意也幸福！

天下无骗

“天才骗子”拜访魔鬼教授。

教授说，人们撒谎，大脑有14个区域处于活跃状态，而讲真话活跃的大脑区域只有7个。人想改变撒谎的大脑活动，只能屏蔽大脑其他14个区域的活动或做某种大脑芯片的植入术。

“天才骗子”诨号货真价实。他说，我编造无数美丽的谎言，膏唇拭舌，瞒天过海，劣迹昭昭，令人深恶痛绝，有的人是恨不能一下逮住我，千刀万剐了我！那年，我把水变成油的专利推销给泉城一家合资企业，回收专利费250万元人民币，就溜之大吉。教授不屑，最令人匪夷所思的是，他把我们泉城著名的宋代古迹、两座40多米高的花岗岩东、西塔给卖了，收老外定金1000万美元。那年3月，他开设“如意通手机城”“东方手机城”“169手机网”，发布虚假手机销售信息，进行网上诈骗，敛财逃了。最近，还一人扮演双胞胎台商，让两富婆同时被骗财和色……

可这天他鬼使神差地来找教授，是要探讨他洗心革面和重新做人的科研方案的。教授想，这大骗子骗够了吧？谁也不信他会有这种思索，他却说得诚挚感人，与其说金山银山，我都看淡了，不如说我是为了寻找一处心灵歇憩的港湾。

教授哈哈大笑,你有那么大骗的本事就好自为之收敛点,过你花天酒地的生活,怎么会想试用我的科研技术?谁知骗子反问他,欺骗和诚信也有个底线吧?

教授理亏,人触及某种底线是人生分水岭,不是大恶就是大圣。他看来人有吞刀刮肠和饮灰洗胃的勇气和诚意,只是苦于无法自脱吗,决定帮他。他说,每个宇宙,都有很多自我意识的高度有序的组织——独立的大脑飘荡空间,如同幽灵般,有的像芯片,有的像团泥,有的像雾,有的像风……我给你一个"三体人大脑芯片"吧。

三体人?骗子不懂。教授说,在天体之外很多光年的地方,住着一种三体人,在思维和交流方面跟人类差异不大都有大脑,大脑都是以巨量神经元互联方式产生智能。只是人类和他们唯一的区别是有交流器官,而人类思维比三体人更复杂,才会撒谎从而犯罪。不过,三体人认为他们的思维比我们高级,他们大脑能产生强思维电波直接显示思想,是一种效率更高级的交流方式。

骗子饶有兴趣,三体人的想同说是一码事,那么,他们中间就没有欺骗?

是的。他们思维和记忆对外界是透明的,如一本放在公共场所里的书或是在广场上放映的电影或似一条在玻璃缸里的鱼,完全暴露,让人一览无遗。

骗子答应配合教授进行实验。手术前教授调侃他,狐狸做梦也数鸡。你还想骗人，现在有的是时间，请考虑清楚。但他眼睛湿润，回答，我犯下的骗案太多，害人害己，罪孽深重，哪敢再骗。他决定进行"三体人大脑芯片"植入术，仿佛吃个大秤砣般铁了心。片刻，教授拿来一枚"三体人大脑芯片"，一下植入骗子大脑里，同时调整了他脑里的额叶和语言表达区域间的联系，一会儿手术就完成了。事后，他认真地告诉骗子，你的想和说会完全一致，永远不可能撒谎和欺骗了。你后悔吗？

骗子摇头的瞬间，已成了"地球三体人"。高大、瘦削的中年男子，穿着银灰色高级西服，鼻梁架着一副方形金丝眼镜，镜片后的双目，给人稳重、淡然的感觉。他走出科研所融入人流中，突然变成一个童叟无欺的老实人，里里外外如换了个人似的，面貌一新。他的脑子高速运转，我是林业局的高工，辞职开办一家"重生生态木有限公司"，专门销售环保功能壁材吧，准能胜算。政府很优惠，允许他先开业再办手续。开业几天，他的眼睛湿湿的，笑着对他妻子谈焕然一新的感觉，我有专业知识垫底，脑子又植入"三体人大脑芯片"，我脑思维的强电波最能反映思想，语言表达也更到位。妻子分明感觉他的睿智和诚信，发自内心的喜悦，会意一笑，你推销产品，能把产品优质特点介绍得非常专业，而且说得头头是道，令人无法不信服啊！因而，"重生生态木有限公司"的几个专卖店门庭若市。

几个月后，当地的装潢公司都和他签订购销合同。不到半年，全国各地很多装潢公司都跟他有业务往来，生意火爆。"地球三体人"笑了又笑喊，教授使我受益匪浅呵！

他去感谢教授,得知有些以欺骗为生的人,暗中也来找教授做某种大脑芯片的植入术,都如他重新做人了,这才叫他傻眼:毕竟,人心轻才能上天堂呵!

随着人们极其向往的那幅人间最美风景的到来,天下无骗喽。教授开心地笑了。

结 婚 控

老李绰号叫"结婚控"。50 多岁已经历 4 次婚姻,还好,只是跟一个女人分分合合而已。

他的第一次婚姻,是在 20 世纪 80 年代末。那时憨憨的小李才二十出头。一天,狭小灰暗的家里来了位农村亲戚,还领来陌生姑娘小欢,说要把小欢嫁给他,小李拒绝。父亲说是让你跟她领结婚证!小欢想进城,只有和城里人结婚,才能将户口迁入。又说你肯帮忙,她家补偿你 1 万元。那时 1 万元多么有吸引力啊!小李正犹豫,但身边的聪明人点破:用快乐的心做不属于自己的事,那是种智慧!就这样没谈过一次恋爱、只见过一面的男女就领了红本子。半年后小欢户口迁进城,小李的首次婚姻就戛然而止了。

也不是只有他才能帮助别人。小李窃喜自己当时办事不呆板,才有回旋余地。不久,单位分房条件是已婚的。小李没合适的女朋友,情急之下想到小欢,找小欢说,上次我帮了你这次你得帮我。小欢答应的条件也是让他付出1万元精神损失费。两人神速地办复婚,小李如愿以偿拿到婚房。可他上哪儿去拿1万元呢?最后,两人在双方父母的撮合下,假戏真做成了夫妻。

一晃10多年了。小李单位破产,他靠打零工维持生活。也许是天疼老实的人,好事又叫他撞上了,忽然传来拆迁的消息,小李打听到拆迁分房是以户头的,不禁眉开眼笑。他才不在乎别人给取的绰号呢,赶紧回家跟老婆合计再离一次。他说,只有坚持才能成功!他老婆也同意。婚姻对于他们来说就像一条拉链随时可开可合,夫妻对于办理有关手续也熟门熟路,当天就去民政局办离婚手续。他们拿到两套房后,第三次领回红本子。日后,就将其中一套房卖掉,靠这笔钱开了家包袋公司。

公司略有盈利,手头渐宽,他们的宝贝独生女也成年了。小李想买一套宽敞的大房子,了解新政策,买第二套房首付比例达六成且银行利率还上浮。卖房小姐说你不忌讳,可先离婚将房子过户到你老婆名下,你就可以用首套名义购买,首付只要三成,利率优惠。小李听完脖子一缩,脸上却乐开了花:离呗,有什么忌讳?他迅速拿到离婚证书将房子过户在老婆名下,不费吹灰之力,购买了一套200多平方米的大房子,两人又领回红本子。这时夫妻对下眼,会心地笑了。可此时的小李已不是30年前的小李了,不笑还好一笑不得了,沟壑纵横的一张老脸立刻不饶人了。而且话说急了就咳嗽不止,高挑的个儿已成了一张弯弯的弓,左看右看,都觉得他比实际年龄要大得多!

这天,丈母娘来做客说她村里要拆迁。在房里老婆毫无避讳地说,你再跟我离一次,回头跟我妈结婚落户我娘家,拿到几十万元的拆迁费后我们分一半,我妈也拿到养老金。老李讪笑,我还听说有人为了拿拆迁费,和亲娘结婚呢。这话亏你说得出口。再说树要皮人要脸面呵,千万使不得!老婆却执意。

也就是老婆那几句话,恰好被回家的女儿听见了,结婚控!她早听说过父母分分合合的事,心在怒火中烧:这次他们更加无耻!想到今后她没脸见人,不问青红皂白,就站在金碧辉煌的大厅上,破口大骂他们贪得无厌,为老不尊。

错愕和震惊使老李悲痛极了,突然大发雷霆,狠狠抽了女儿一记耳光,爸妈怎么对不起你?从小疼你,一切由你,让你读贵族学校,为你买钢琴还买漂亮跑车。你要结婚,给你上百万的豪宅还送女婿一辆白色本田……老婆也气得差点晕倒,瞥见女儿手里拿着光碟,顿时口不择言地骂,成天不务正业还看那些乱七八糟的东西,我怎么生了你这个恶心的女儿?女儿被妈臭骂又被爸打得头晕眼花,又娇又臭的脾气上来了,吼叫,我今天这样,都是你们造成的!说罢,抓起桌上的水果刀用力刺进腹部……而后,捂着血流如注的伤口朝天大笑:你们只剩下钱了!

不要让拥有的东西毁坏你还想得到的东西哟!街上有人在喊。

老婆哭得死去活来,老李失魂落魄,忍不住大骂老婆:当年我们一再折腾是没钱,可你……他觉得放弃也是种智慧,就随手撕掉红本子,卖掉所有财产,把钱捐给开元寺,同老婆遁入空门。

木头人

“他妈的,生什么生?”

翠嫂挨家挨户送喜讯:每对适龄夫妇都可以生二胎!家家一片欢腾,但根生尤为抵触。也是觉得世道不一样了,竟敢开口,让你断子绝孙之类恶毒的口水喷向翠嫂。

他骂到过了瘾。饭后,他拖条残腿,掏出一件珍藏的东西,用雄浑的男高音唱“共和国的旗子上有我们血染的风采”,叹口气对着墙壁唠叨,其实是对儿子说话:“我是为国为民做出巨大牺牲的,但没人把我当功臣。那年冬天,我们南方下了罕见的雪。我住在危房里,泪湿双眼看水盆,我穿旧军装,眼角垂下,满脸愁容。我苦哇,只生俩丫头片子,你爷爷临死骂我无后不孝,我去申请要生个儿,不批。”他喝口水,又说,“那天,我看你婶超生抱回个男孩,见多次打我的弟弟满脸的得意,吞咽口水,肺气炸了。我40岁超生了你,”他一直咳嗽,给自己扎条围脖,喘过气,高声说,“我就遭遇灭顶之灾。”

“你也听说,爸妈超生回来。管计生的逼交罚款,可我哪来几万块?我瞧一眼残腿,越来越恨,一次翠嫂胡搅蛮缠,我咬牙切齿,大叫我把你撕了!动手打了她。”

“糟了。翠嫂的老公是市武装部的,派人抓我,对我拳打脚踢,打得我在地上翻来滚去。我伤心欲绝,你看,”他摸摸勋章说,“我多生了个儿,他们就把我当成任人宰割的一坨肉!”

“我的腿不听使唤,疼痛却直往心里钻,钻得我叫苦连天。啊,深入骨髓的心寒接连而至。血气方刚一下没了。有种东西似只膨胀到极限的气球要爆炸,我天天骂人。这分明是鸡蛋碰石头呢。对,我太傻,才天天挨打。我被放后就老实了,变成截木头,常把自己放在门口的破椅上,闷声不响,一动不动。那次,翠嫂蹲着看我浑浊的红眼偶尔一转,才确认我是个活人。我笑了,啐她一口黄痰。”

不过不能丢下当前嘛。隔天,院里绿树泛青,银月生辉,二女婿看望岳父也带来一瓶好酒。二女儿晚育,10 年前有个儿子。翁婿喝酒,女婿说,奇怪,以前想生不能生,现在能生反而不想生了。这话勾起根生的坏情绪:“只有你这样想吗?我说,你们都不要生!”昨晚的梦魇让他中邪般:他执拗得一台铁牛也拉不回,不让生他偏要生。女婿哪知道岳父梦见岳母,望见他的表情愈加愤怒,嗫嚅道:“爸,听说当年你执意要生个儿,可干吗不希望我们再生?你女儿以为爸会三呼万岁支持我们再生呢,可居然也和你说到一块去。”女婿皱起眉头细语:“你女儿害怕再一把屎一把尿带个娃,还有,大孩的女同学怕她妈生弟弟不疼她跳楼了,你女儿也忧虑得很呢。”“那么,大家都别生好了!我也通知他们。”根生报了仇似的,全身舒坦,打个饱嗝,上床睡去。

突然,手机铃声吵醒他:“也许我长眠再不能醒来,你是否相信我化作了山脉……”

那韵律尤其悲壮,令他老泪横流。他脑际掠过自己高大的身躯,威风凛凛地扶着火箭炮,向疯狂的敌人扫射。是班长又打电话吗?他否认了。“以前你为超生成木头人,我哪不知道你牛脾气。但战争随时打响,人仍是最重要的因素。”根生听完大叫,那时,我何止成木头人。我以死抗争,到了你那儿。他笑了:“老东西,你居然要我这把老骨头回来立新功,行,是你神机妙算!”倏地,他见铺天盖地的铁甲虫越过边境呼呼地碾过来,也碾碎他心田的冷漠——我这个退伍军人被当成了宝贝,有丰厚的抚恤金,还有可观的生活补贴。人也似树吗?越享受阳光的恩泽就越把根朝地底里生长,他拍拍胸脯,摸摸战斗英雄的勋章问:“政府发号召,你反对?”他俨然一个拿下城池的大将军控制住坏情绪,说:“纵观全局,尊严是小事吗?”

木头人一看开,牛脾气却改不了了。这天,都在城里的儿女为他办65岁寿宴,他高声说话,差点将酒店屋顶掀了:“孩子们,爸妈以前超生,背井离乡,但这都没什么。我现在命令你们,都给我生个健康的老二!”

神　力

初夏的凌晨,惊雷滚过天空。我把那坏蛋踹倒在地,又顺势把自己摔在地上。嘭!这声音惊醒了隔墙的爸妈。他们开灯喊儿子。我见个黑影从我房里消失。爸妈跑进来抱起我，问我怎么啦。

说来不好意思，我好东西吃过不少，身体却似只瘦猴。这会儿，我告诉爸妈，似乎是个矮子要抱走我，又肯定是没提防我这小屁孩。我从危险时刻挣扎出来，说我想明天迟点起床，不料有个黑影从床边冒出来，一把卷起我的被子裹住我的头，用手摁住我的嘴和鼻。我不知从哪儿来的力气，一下踢倒了坏蛋。那是你的神仙师父，救你来了！我妈用力撑开我的嘴，发现嘴里真的有块糖果样的东西，我也觉得这是不可思议的事儿。

昨天，厅桌上有张破纸条！我妈想起，就跑下楼抓来看，上面歪歪扭扭写着：要阿旺先付20万。我妈惊叫，这哪是绑架，差点捂死人啊！妈立即报警。

警官来了，说楼下也都是你家的厂房，有围墙有铁门又有藏獒守着，绑架的人怎能轻易上得8楼来，又这么熟悉你们房间的格局呢？警察暗中侦察，确认是厂里一个职工家属干的。警察一会儿就抓来惯偷指认现场。惯偷的长脸拧成一团麻花，嘴唇如死鲫鱼般干瘪地喊，意外失手呵！哭着承认他两次进监狱，出狱后打工攒钱，办鞋底加工厂，不久就倒了。他重操旧业，两次盗走我家两台电脑和一套高级音响。原来都是你干的。坏蛋！我愤怒的眼睛如燃烧的炉子往外冒火，抡起小拳头，狠捶他几下，骂道，你翻墙攀高似走平地，原来早就摸清我家的底了。惯偷被逼着坦白，他打算卷起被捂昏我，再抱走我，但没想到我这小屁孩很有力。他摸摸我捶他的部位，却又顿足喊冤：我意外失手了。

听惯偷几次叫屈鸣冤，我笑他，你肯定是从小不学好的。惯偷看着我床头一个大相框里，我抱着个球，站在球场中央，就如在战场上随时要拼搏的小将，下面的字我背得滚瓜烂熟——最后的胜利往往在于再坚持一下的努力之中。我双手叉腰，眼睛扫视在座的问，你们看见在路上捡废旧电池的人吗？那就是我啊。自从老师说，如果把废旧电池乱丢，它的汞进入土壤或水源，再通过植物进入人体，就会损坏人的肾……电池里的镉渗出土地，也使人肝肾受损或引起骨质松软变形，所以嘛，我有空就去捡废旧电池。我妈笑着说，废旧电池要放在玻璃器皿里。我儿子还向环保局提建议呢。

我妈拥紧我说，你是吃神仙师父的仙丹才有神力的，更来劲了，咚咚地跑下楼去烧香拜神了。是啊，我有神仙师父庇护着呢。我心中跑出个小人儿说，不就是爸妈视你为心头肉，你才成了顺杆爬的小猴儿吗。你的嘴很甜，心里却一套套的。我回那小人儿，我读书不是班上一二名，但听神仙师父托梦给我的，男孩 12 岁就要养生，我尤其喜欢运动。我挺起小胸脯，眼里没有惯偷只有小得意，哼一声说，我平时最爱踢足球，村里人背后叫我瘦猴，当面都喊我是小贝利。我妈拿来几张奖状，向警官汇报，我儿子是省里的“美德少年”呢。警官竖起大拇指夸我，小屁孩，你昨晚那一脚确实有神力！我瞧见惯偷的嘴在动，他也想让生活是首诗，他却把日子过成了歌，老是不靠谱也不着调。我又发觉他的贼眼滴溜溜地看着那张破纸条，在我面前哭笑不得，脸色是难以说出的那种难受。

我摇摇我妈的手撒娇，这惯偷老说没抱走我是个意外。我妈呸一声，骂惯偷瞎了狗眼，我儿子是认神仙为干爹的。神仙说我儿子是块通灵玉呢。你不栽跟斗，才怪！我不管他惯偷怎么说，脑子就跳出别脑残三个字，心脏似断弦的琵琶，一下停住了：凌晨一仗，惊心动魄哟！在黑咕隆咚的黑夜中，我被人弄醒，觉得被什么捂得慌。忽然，听见我顶礼膜拜的神仙出现在我床前喊：阿旺，人只要有求生的欲望！他往我嘴里塞块东西。旋即，我茅塞顿开，神使鬼差地，双脚不知从哪来一股神力，吆喝一声，如踢足球，一脚踹中坏蛋！

我瞅一眼我床前的大相框，天已经大亮了。惯偷不知怎么的，已在我这个小屁孩面前流着泪，低下头。

也许，惯偷碰到我这11岁的小对手，是一件很幸福的事。他出狱后，我爸出资让他加工鞋底配件，他干劲冲天。这是后话。

不能不男人

谁家男人像你似只大笨熊。

男人平生就害怕被女人瞧不起，家里头女人说的话杀伤力最大。只偷偷出手这次拿不到分成，我心灰意懒的，老婆却不顾及我的感受，反复埋怨，叫我伤透了心。星期天，我别想好好睡一觉了。我心里反感老婆，你也有手有脚，干吗一进我家，我就要负责你的一切？有时下班，让你洗青菜，你竟然推托不会。还发牢骚，妈的，天塌下来也由男人顶着，这究竟是哪年定的规矩呢？突然发觉，你最爱的人伤你最深，仿佛有座大山压在肩上，压得心快碎了。顿时，恶从心中来，气从胆边生，不吃中饭推倒座椅，怎的就来劲了，又一下掀翻饭桌，饭菜随着碗碟噼里啪啦地掉在地上了。

老婆孩子吓得躲开了。

平日在家人眼中，我个头偏高，白白净净，五官端正，即使劳动也给人很干净的感觉。但掀桌的举动，颠覆了家人的美好感觉。我忽然喊，居家过日子，爷们谁不想有房有车有钱？我心里掂量，作为男人，我要追求崇高的境界，还要会赚钱使老婆孩子不憋屈。男人既要做宽容的“木匠”又要做和稀泥的“泥匠”，更要做能勇挑重担和和敢打硬仗及事业成功的“铁匠”。我愤怒地喊，你们哄骗我，说办公室里埋在电脑前忙碌的男人是最引人注目的风景线。哼，别来这一套！在我掀桌后，心里变得透亮透亮啦。我不容置疑地对老婆说，谁不眼界开阔，什么人生只有一次爱，谈恋爱就是为奔结婚，都老掉牙啦。自以为知识结构很全面，什么婚姻的七年之痒，什么男欢女爱只能维持半年，更有最新理论，爱情只不过是种化学反应如闻香水味而已，我都知道。我对老婆吸了下鼻子，那么，我挖尽心思去赚钱，有意义吗？倏地，我看见男人的境遇很凄怆，坐在椅上，吧嗒吧嗒地掉眼泪。

我凄怆的境遇早就投射到一个个不堪回首的梦乡，我心里的酸甜苦辣在梦呓中翻滚。我在单位当个不大不小的官，手中没有权就无法设置关口捞钱。但也觉得，人是有虚荣心的，“赢”字对男人特有感召力和吸引力呢。事后，我看着旁边吓破胆的妻儿，想也回头，人较之动物的高贵之处，是能感恩，便罢罢罢了，让日子马虎着过。

最近，世界不是闹得沸沸扬扬么，什么人类找到适合人居住的星球，还有碳设计公司的不是利用纳米技术，设计出一按按钮人就到外太空的电梯了吗？我是航天公司的高工，我懂得太空电梯的载人舱能在数千万米长的电缆上移动，电缆则靠地球转动产生离心力来固定。当我的《五十年后地球无法辨认》的文章发表后，单位为解决突出的气候变化、资源消耗、粮食紧缺的危机，派我们往钻石星球。那天，我告别妻儿，走进太空电梯，一步一回头升空了。让我偷偷告诉你吧，我们也为了敲钻石！我掌握了先进工具的使用技术。一天，我突然有了巧取豪夺的贼心，趁没人注意敲下几块钻石包得齐整严实，又趁大家休息时选准角度，顺着太空电梯的电缆，把东西放到我觉得回去够得着的地方。

新兴的纳米技术使电缆足以支撑太空电梯的超强力。那天，我一按电梯按钮，人溜溜几下就回地球。可悲的是，周末，我转着罗盘驾着摩托艇来到大西洋偏僻的小岛上，定出我要拿钻石的方位，发现那里居然是个黑洞！唉，到哪儿去拿回我偷来的钻石呢？回程时，我的泪珠潸然滚落，钻石不管有多好，一点儿都不重要，因为它不属于你！我遭到猛烈的枪击般，发现了爱因斯坦大脑袋里那个高贵的灵魂，顿时彻悟：一个四两拨千斤的念头，产生了越来越痒的感觉，痒到我心里也痒到骨缝里。我如一条大倔驴，开始醉心于人类发展太空的事业，漠视老婆种种物质要求。

半年后,我的一科研成果又突破,才把头扭向身旁的老婆,她早已辞职,开了一家名牌鞋帽专卖店。她正咬着牙,气愤地冲着我说,我不靠你仍然赚得盆满钵满,也能活出个人样来!

我发现稀世之宝样,抱起她旋转几圈。

没有人只爱过一个自己

你让我在某领域有不寻常的天分!王天才找上官博导,焦急地说。

博士生卓越掩嘴笑,人脑各部位担负不同功能,某部位受损,另一个地方的能力才可能凸显,但几乎没有奇迹发生。

天才想疯了吧。我恰好是想让脑的另一地方能力凸显,你们有私人订制吗?卓越的话使他见到东方熹微,晃着腿哼《小儿郎》的曲调:……没有学问,我无法娶女博士……

卓越深谙人要成就自己,只能似金矿石经历一遍遍的淬炼,他跟王天才谈他在哈佛起五更睡半夜的攻读的事。

天才哪听得进去。

只记得某科学家说的,在人的大脑右颞叶下有个特别区域,其作用是让人在某方面具备天分。你不愧是"天才迷"呵!卓越惊讶,可这区域通常被一些神经元压制着。

有门!他一蹦三尺高。博导却说,你别想得太简单了,天才区域要迸发，只能……

天才以为博导要拒绝，着了急，那个托马斯脑部受震荡，才发现有卓越的音乐才能，会弹琴会唱歌又会谱曲。博导也惊讶，人生有专攻，你知道这么多“雨人”的东西！天才喊，我就是要像他那样，挖掘出我的某种潜能，请你为我制造一次“事故”。

登峰造极的天才狂！我从没遇见过。博导眨眨眼。

王天才以为被夸奖，口若悬河，托马斯脑震荡后，看到钢琴就坐上琴凳，闭上眼，脑海就浮现黑白键及连续的乐章，知道手如何动作……他仿佛看见许多高端大气上档次的美女，在频频地向他招手呢，也恍然变成一条身披万道金光的巨龙飞向浩瀚的天空，摇头摆尾的！于是激情难抑，连破釜沉舟的词都想过了，亡命徒般喊，只要能做个实验，我就觉得挺有意思了！你要多少？他恳求，我们签协议，就是痴傻甚至死去，我也没异议。你的生活品质决定你提出的问题。博导居然答应了。

这天，博导打开他的脑部，损坏相应的几处脑质和几条神经，又轻轻一按右颞叶下的神秘点。术后，王天才的性格却来了个大翻转！情绪低落，还有失眠、胸闷、四肢无力等症状。是没关系的脑部受损，还是右颞叶不够活跃？博导确认他犯抑郁症，让他服药，却没有改善。

天才爸只得出面去找博导，说有个性格孤僻的摔伤大脑，医生医好他的脑震荡，还使他变成活泼开朗的小伙子，请求博导再为王天才做次手术。

博导再次打开天才的脑部。只能说功夫不负有心人，天才恢复开朗活泼的性格。可是几天后，原来似众星捧月的高富帅，忽然变得目光呆滞，神情无彩，行动也磕磕碰碰的。这不，喉咙也哑了，连一句我无法娶女博士的话也说不了。

王家哑巴吃饺子。后妈说，他整天无事可做，吊儿郎当的，但几次上《非诚勿扰》节目，非要找个研究生博士什么的，受得了吗？他爸耳语，爆灯的很多，可他要找个高端大气上档次的。

他爸看天才痴傻的样，只得规劝他，你只有初中程度不打紧。我才中专毕业呢。

天才擦擦眼，那双睫毛很长的大眼睛扑闪扑闪的，机灵极了！当时他只瞧一眼，便觉得非她不娶了。但叫人太丧气了，女海归说的话如尖锥：你想成功，思想更要独立，可你有什么？再说，世界上最大的市场在哪儿？天才囫囵吞枣的，立即想到人脑有“天才区段”。嗨，他小时候就怪爸妈只给取了这个名字，早想换个好脑子。

他听得进爸的规劝吗？不，这颗葫芦仍不开瓢，大叫，我只求最聪明的大脑！

他又去中科院，怒气冲冲地打哑语。博导拿出协议，温文尔雅地说，当你无法判定被人为脑震荡后，能否成为某方面的天才时，你最好先做个正常人。

你！天才的脸变绿，但无可奈何地垂下头，谁叫我跟他签了无条件协议？但悻悻然，我恨自己不像家里那块狗头金，天生熠熠闪光……博导精神亢奋，狗头金是富含黄金的陨石在坠落地球过程中，跟大气发生剧烈摩擦和燃烧剩下的黄金凝聚成的，经历了更严酷的淬炼。

这话似从漆黑的深夜射来雪亮的光束，让天才瞬间看清了：无论是金子还是狗头金，都要经严酷的淬炼才闪闪发光的！炸雷响彻，他万念俱灰，喉底咕噜，早知，我就死掉。博士生睥睨他，你以为有钱就有一切吗？狂妄至极！而往往，人最恐惧是在没方向感。天才眼前天昏地暗，痛心拔脑，后悔得嘴唇发紫，我就是要成为“天才王”，才误踩雷区的！他忽然跑出去跳下楼。

大家忙救人。卓越昂昂然，似看见二战时，许多走向刑场的犹太人手里还紧紧攥着书。他们太伟大了！他佩服得五体投地：这才是不可战胜的民族。

梦 幻 船

这天，我居然毫不留恋地逃了出来，逃出属于自己的家。

我去哪儿？便上公园进入超级世界上了梦幻船。

好一艘色彩绚烂而光怪陆离的船！驾船老汉说：“人总是拥有而不珍惜，懂得珍惜却已经失去。”我不管它氤氲着生命体验的什么看不见和说不清的心理团块，傻愣愣地进包厢坐好，按荧屏指示系好安全带。随着“砰”的一声响，我的心悬在半空，越过一段时空，降落在空旷无垠的地方。到处是虚松贫瘠的沙砾地，树木绝迹，寸草不长，连最低等的植被也不见。他妈的什么世界？

我傻愣半日，荧屏又出现指令："嘉宾，你做的是'奔月吴刚'的游戏。请做天天砍树的吴刚。""噢，我脚踏月球了！"

我在荒无人烟的地方，没说话对象，没事可做，很无聊，心想既然花钱要玩就进入角色吧，便抓起斧头，到外头寻找桂花树。诡谲的空间，一切都非自然态。桂花树是假的，枉有橡树般坚韧挺拔的枝干。我抡斧子砍去立即被弹回，手麻麻地有点疼。桂花树枝儿葳葳蕤蕤，船形叶儿翠绿欲滴，黄花骨蕾儿泛香四溢，倒是令人鼻翼震颤，感觉有点可爱。可它的忸怩作态叫人打心眼里不舒服，我用力再砍它一下，它裂条缝可是马上又合上了。但无所事事的情势所迫，我只好如西西弗斯推石上山推啊推的，一下下地砍啊砍，整日做着单调乏味又无意义的动作，渴了喝点水饿了吃点面包乏了躺下歇憩。但我砍了几天几夜，桂花树依然枝繁叶茂，我的砍功无损它美好的外观，让我心灰意懒，浑身乏力。我歇着闭目养神，祈求有点什么入我梦中。只是梦境和现实能差到哪里呢？我谛听到的仅有月宫的死寂凄凉，民间谈的蟾宫桂树、捣药玉兔、奔月嫦娥都是子虚乌有的幻觉，更别想欣赏"寂寞嫦娥舒广袖，吴刚捧出桂花酒"的优美境界了。

嫦娥是烦腻只吃乌鸦炸酱面乏味的生活，才偷吞仙丹飞上碧蓝如洗的天上的。而我，是如何逃离家庭，被一下子无情地抛出地球呢？我茫然四望，思绪如飞鸿。妻子真行，结婚来到陌生的家，如株木棉般叶茂枝繁花彤红，迅速成了家的主人，厨房是她施展才能上的天地，厅堂是任她行事自由的港湾，房间更是她颐指气使和呼风得雨的生存空间。我饭来张口衣来伸手时，桌子被她占据橱柜任她安排，我常坐的沙发也堆满她的东西。家处处是她的活儿也处处是她的阵地，只有席梦思上有容我睡觉的极小空间。哟，我的妈，自从女儿出世，我更无立身之地了。那天，我的裤衩和背心被混在妻的内衣和女儿的尿布间，我边哭边笑。一时见到镜中人，头发如刺猬乱糟糟的，灰暗的脸庞，似睡似醒的黑眼眶里的褐色晶体一点也不晶莹，我问自己是个什么人，我洗完澡，穿上裤衩和背心，如一只丧家犬，慌慌张张地逃向镜子的最深处。

我以前在凡间，不屑听人说雪月风花的事，唯有女人才能站成天地间最美好的风景线，却在我做“奔月吴刚”后，开始感觉天地间最美好的事总和女人连在一起了。春天花蝶弄影，炎夏凉风习吹，秋暮枯黄夕晖，冬阳映衬白雪，还有金黄阳光，朦胧月色，耀目星辉，更有霜雪霹雳，风和雨雾，鸟虫啁哳……无不叫我联想到刚好叫嫦娥的女人，刻骨思念她的温柔、勤勉和体贴，瞬间醒悟驾船老汉的话富有哲理。我也提示自己：“还好，我拥有的尚未失去。”继而，神仙施法把人一劈为二，想让男女天各一方受苦罹难的神话鞭笞我：“只羡鸳鸯不慕仙。”我心底里激荡出微妙的涟漪，生命和情感奔呵奔的，立即把回家的指令发回地球，也就逃离梦幻船了。

我一回到家，妻子说我们先做个好朋友吧。我吟咏我在梦幻船上想到的好诗：你站在桥上看风景，看风景的人在楼上看你。明月装饰了你的窗子，你装饰了别人的梦。吟完，我感触太深了，放在心里一遍遍咀嚼，不觉双眼泪流，宛然听见个女声说，我……可你别……蓦地，桂花酒般浓烈的香香甜甜扑鼻而来。

隔天下班，我看见妻子在煮饭、洗菜、洗衣服，便拿起扫把扫地，还陪女儿玩呢。我突然觉得自己不是个多余人了，怪不？

以后夫妻携手合作，辛勤劳动，很快有了积蓄，买房又买车，我们居然成了如胶似漆的知心爱人！休假日，我们去自驾游，到东方文都游览“一带一路”的源头、海上丝绸之路的起点——泉州的名胜古迹呢。

去意彷徨

他的前妻插入U盘，把“夏娃编程软件”装入电脑系统，又分别往打印机的几个口子倒入各种细胞“墨水”，便立刻揿动开关，嚓嚓嚓嚓地打印起来。不可思议呀，奇迹突然出现，又一个“梦中女神”！它的声音如莺歌样的，大师，您好！前妻急忙抱出一套粉红套裙，给她穿了。罕见的科技和美丽邂逅的“夏娃”！大师瞟眼前妻的杰作，怔怔的了。前妻说，我不是夸海口，“夏娃”苗条漂亮不亚于我，学识也渊博，理财做家务样样行。但高智能便具有公平意识，你要帮它干家务，否则它会罢工！

大师头脑里打个旋儿，两年前，他离婚后就倾其所有打造“梦中女神”了。刚才他咳嗽一声说，这才是男人心目中最完美的妻子。对前妻炫耀他的“真由美”，正值青春妙龄，相貌姣好，总是乐于做家务，还会记账理财，更突出的，是永远抱怨。

但前妻自我感觉比他好，她说，生命并非魔法，我就想扮演上帝造人，先看我的吧。她是昨晚接到电话，上午回前夫家的，随身带来一台特型立体打印机和非同一般的细胞“墨水”，把机器安置好后说，基因学家文特尔把58.2万对碱基结合在一块，形成制造一个细菌的基因组。华裔软件工程师人高马大，四方脸棱角分明，配一双空洞无神的眼睛，使人感觉有点不和谐。他不甘示弱说，我懂，只要知道编写代码，人就能让代码做任何事情。前妻当仁不让说，卑微生物莫过于细菌，基因组不过几十万，身体构造也简单，我完全能制造它。我也能创造充分条件，使“夏娃”臻于完美，你能吗？不管他如何想，就开动电脑和3D打印机，插入U盘，一下打造出自己的“梦中女神”。

大师瞟扫前妻的“夏娃”，相比之下，此时他最清楚“真由美”明显的缺憾了，心中大叫，这女人成功了！

前妻走到“真由美”面前拨弄它的脸，又往它腋下搔痒痒，不堪回首的过去的生活轨迹，随记忆之车缓缓再现。他期望她什么都能。抽烟、上网便是他业余生活的全部。晚上吃罢饭就坐在电脑前，我往往一觉醒来还见他在玩大型游戏呢。早晨爬不起来，下午很迟才吃中饭，晚上折腾到深夜，种种坏习惯造成他人体机能紊乱，长期口臭，便秘，身体“亚健康”。嗨，人高马大能干什么，并不意味着身心都成熟了啊！再说眼前，那个“真由美”又不好使！她的记忆倒带，只得实话实说，可惜点了，你的“真由美”行动不能自如，更不能似女人有丰富细腻的情感。

冷不防，是谁动了桌上的不倒翁，使之发出一阵“嘿嘿嘿”的冷笑？大师愕然。说到他前妻啊，是欧洲著名的生物学家，在自己领域意识很超前，有大胆的开拓。以前，大师总觉得活生生的老婆真讨厌，对人说他最怕她胡搅蛮缠，唠唠叨叨。

那么，大师该娶怎样的妻呢？他要离婚时，那几个来自中国闽南的亲友都说，你是前世烧高香，才娶了个比中国姑娘更行的！妈妈说，她人漂亮，家也整得井井有条，不过急躁点。大师也清楚，她居然精通中国的易经及经脉学，说我是个坤人，让我把补脾放在首位。家里的墙壁、橱柜都涂上褐色，只是为了给我补脾。她平时没考察任务时，都精心准备饭菜，还为我煲锅牛肉汤……她忙里忙外地伺候你，唠叨你几句不应该吗？妈妈几次语重心长地劝导他，他却烦不胜烦。而世界本来就意味着缺陷，总能找到弥补的方法，离婚后他便亲手打造"真由美"了。

只是大师花了两年工夫，打造的"真由美"未达到理想的标准，而且船迟又遇打头风，他又失去了工作。昨晚他睡不好，下意识给前妻打电话，是后悔还是失望呢？刚刚听见前妻对"真由美"的评价，他觉得处境窘迫，顿时看见自己多年来都是在骑木马，虽有事做但没进步。随之在心中叫道，我后悔噢，以往都是铁嘴银牙强词夺理，最后成了搁浅在海滩里的一叶孤舟！

前妻看他的窘样，嬉笑几声说，你艳福不浅啊！"夏娃"跟真人一样，情感也丰富，留下她吧。

可她也要我做家务……

立刻，大师如醍醐灌顶——创造婚姻幸福需要两个人！眼睛盯住前妻，这些"梦中女神"我都不要。唯恐前妻跑了，低声恳求,我们复婚吧。

前妻哪缺狂热的追求者！不过,走出房子,看见日正中午,人都把影子踩在脚下了,她眼里有晶莹的泪光闪烁,大男孩长不大,我又如何在二十四小时里都如高空的太阳时时照耀他？去意彷徨。

但大师拉住她的手说,人生三次爱,只有你是我的一次深刻,一次人生！大师突然单膝跪地。

咫尺天涯

听起来是奇闻,说起来是笑谈。这还得从我儿子公司雇的本科函授毕业的会计说起吧。

她来近 2 个月,几次出错,在算工资又对自己打马虎眼,被批评后辞职,还拿去劳动仲裁委员会吓唬人。

到发工资时,老婆按她提供的银行信息打工资,看到名称和账号不符的提示,没法打款。翌日就有人打电话,让财务马上给她打工资,并纠正她报错的银行信息。她连个银行账户都报不好,还敢通过劳动仲裁委员会来讨工资？劳动仲裁的人只维护打工者的权益吗？老婆问自己,也要证实来电的真假便按了过去,接电话的换了个语气,很温和的,她心里得到慰藉,兴奋地请对方倾听小企业主说几句话。

老婆回家对家人说，劳动仲裁的人把《劳动法》读得很透，说会计多领的工资要退回，还要承担多开的丢失的那份发票的税点，便爽快地说，她碰到这样好的人，便邀请他有空到公司来喝茶。

怎么？我儿子说他妈妈脑子进水了，我也不喜欢老婆和人较真，放下手中的老白干酒，颐指气使还骂她，你引火上身，整天净干坏事！一如以前，喜欢和她唱反调。

咋了，她不跟我争辩？我扬起下巴，看见她浑身打战，两眼剜了我一下，然后点点头，泪眼婆娑地走开了。至于她怎样了，我没在意，只觉得她情商好，会做得让别人舒服，受点委屈都自我调节。但几天不见她回家，逼我思索，我当时分明是和她有同感的，而在哪儿出岔了，总是和她唱反调？

她失踪了？叫人担心啊。时间的手是魔咒哟，日久月深的，我病了。一米七五的高个，在衣柜镜面，长方脸上挺直的鼻梁和漂亮的眉眼，已不会边笑边斜看人了。一天，我仿佛站在体外观察自己，感觉只有羽毛那么轻。我飞来飞去，碧落黄泉皆不见她，总算在奈何桥前找到她，我说，你别小心眼。我不就是说了几句废话吗？虽然我感觉听觉更灵敏，视力也不可思议地增强，但我对她说话，她似乎没听到；我靠近她，也始终够不着；我死的心都有了，却没法带她回家。我万般痛苦于没出路，无限孤独，只有伸长脖子把苦水咽下。

一会儿，我周围的人，要么来协助我安然渡到死亡国的，要么来告诉我丧钟未敲响得回去的。我看见很多东西，似一摊水，一团烟雾，一扇门，一道旷野的篱笆，或如一条线，一块石头。我心思跌宕起伏，她的生命只是为真理而生的！面前定格着她活得底气十足，凡事和人较真的影像。她是我身体里不可或缺的软肋，我觉得，不由得吩咐她，你不要喝黄婆汤！话说人除了有无可逃脱的生、老、病、死，还有“爱不了，够不着，死不了”三大苦呢。我叫唤上帝，我陷入绝境——和她咫尺天涯喽。

但我干吗老是顶撞她？

我待在奈何桥上，脑海变幻色彩斑斓的激情画卷。哟，避开她的勤奋和多思，我碰到的还是自己。我心中最害怕的，莫过于有人在介绍我时，总是说我是小有名气的企业家某某的老公。哎，让我觉得好没面子！所以，我以为如此顶撞她，才能压下她的高傲气势。

可在这节骨眼上，我不能不喊了，老婆，我不顶撞你了，也羞怯地唱起我们热恋时唱的歌。生离死别的雕刻刀剜空我的心，我扇自己的嘴脸。我有时不顶撞她就不会狗血，一顶撞，就立刻暴露我致命的弱点。我的头“轰”的一声，是啊，有几次她都惊叫，脑袋快炸啦！我最终看清事实，她已把我当成空气了。我濒临窒息，责怪、谩骂、诅咒自己去死，思维却龙腾虎跃，联姻易美满难，我以后只能“拉”和“推”，不能“冲”和“撞”。突然，我走出那条黑咕隆咚的隧道，稍微迟疑地改了口，老婆，让我以全部的生命疼爱你！我声嘶力竭地喊，似乎要叫破天。

始终不理我也从不撒娇的她只如轻快的小鸟，倏地飞过来，低头而笑，爱我你就抱抱我。我一下靠近她并紧紧牵住她的手，说出刚才没说出口的话，我是拿鸟枪当炮使，施展黔驴之穷。我信誓旦旦：让我多嗅嗅书香吧，否则，有时笨得像头鹅！

花有重开日，人无再少年。她的归来，我格外高兴。我也不再天天喝那自我陶醉的老白干了。那晚，朋友摆长城招呼我，可她把一本《智慧》放在我手上，恶狠狠地说，你改变思路是变聪明了。但婚姻没核武器，感动只让人温暖，打动才让人难以割舍呢。

我刚结束咫尺天涯的生死搏斗，鼓腮不语，但看见远方一颗星若隐若现，我便捧起书。太不可思议呵，书上赫然写着：能走一百步的，为啥只走九十九步？

女人如梦梦似花

这一天，我想到大导演诺兰的“入梦机”还有另一种特异功能，就死皮赖脸去请他再借我一次。

可大导演俯视我，叫“矮仔”，撇撇嘴说，这回你像真诚捍卫自己的婚姻那样勇敢和执着，其实，我知道你的高档西服里面裹着什么。假如你还想强加她什么的话，那……哈哈！

听了这话，我手心沁汗，只得尴尬地回答：我知道西方绅士都很尊重女性，感觉很多人挺有大男子气概的……我脚底揩油，赶快开溜。昨日“盗梦”的情景就如沟渠里的一条泥鳅，溜到面前。

最近，我想请催眠师给妻子“催眠”。那天，刚好美国电影大片《盗梦空间》轰动上市，我立即有了“盗梦”的招数。不必问我怎样做，反正我已从大导演那儿借来“入梦机”，要了静脉注射药，在星期天妻子午休时，把注射液注入她手腕，就进入她的梦境：

……也许女人的幸福，只在男人一念之间。那时我赋闲在家，你常和我去买菜，还为我炒蒜蓉空心菜，煮皮蛋瘦肉粥。我来例假时，你帮我洗碗洗衣物。那次我感冒了，你把我焐在怀里，你似在床上孵小鸡……你也别再用我和别人不同的话来揶揄我。人的思想感情都有相通之处。人家赵红老公多有情趣，“金凤凰奖”颁奖大会捧上红玫瑰还登台唱歌表爱意。可这几个月来，我感觉家里闹鬼了，自从我参加工作，我得家庭和工作两头顾，我越忙你却越不帮我。更绝的，是你纠缠着要跟我温存，往我人生里掷出意想不到的点数，逼我去测什么谎！嘿，我恨死你了，会想跟你做那好事？……不过，我是一片冰心在玉壶呢。

哇，原来她只把喜怒哀乐深锁心间！刚好“入梦机”帮，我大忙，让我看清没第三者插足又窥视到她内心的纯洁和高贵。随心底一声喊，惊喜的浪头击打着我，我一甩脑袋，差点一蹦三尺高。

当我借用的“入梦机”进入快超时，看见她脑子飞快地转动：……我多么想成为鸟儿，自由自在在天空飞翔啊……喂，你正看着我，我也正在看着你呢！

夏日雷阵雨，窗外一幅奇幻景致：天空一边正下大雨，从天而降，形成水雾帘，如挂着一帘天堂瀑布，另一边却阳光明媚——道是无晴却有晴呵！

我却敏感她的表白，一时心慌意乱：她就是轻视我，才在一个月里都不跟我亲热一回！我摸摸鼻翼上的酒刺，比死爹妈时更寂寞悲伤。

再说，我讥笑我自己，分明是活见鬼了，自编自演了一出闹剧！突然羞耻于我进入中年后，天天在玩麻将、喝酒、K歌中混日子。哦，与其说“盗梦”使我心里头沉甸甸的包袱像被双无形的手抢夺，不如说是我对枕边人有新的认识：女人不是用来随便泼脏水的，而是用来爱、用来疼、用来宠的一朵花呢。

我“盗梦”算是达到目的，就更不敢让她知道，我再次去借“入梦机”受到大导演的揶揄。我最怕她仍以工作忙搪塞我，或者说进而报复我，让我每晚更寂寞。这一夜，我的心在哭，如秋雨般断断续续的。我在梦里跌跌撞撞中碰见大导演，品味着他模棱两可的话，蕴含的深意刺中我大男人的心，不，小男人的心。砰！梦醒门关。时髦的人说屁股决定脑袋，但美丽的屁股……对，美丽的屁股要靠努力获得。而且相对于女人，我大男人更要有臀有肩。旭日东升，我似只肚子凸得如青蛙的北京鸭，垫垫脚，鼓鼓劲，神气活现上阵了。一年里，我把酒店经理工作做得很出色，年终被评上“先进工作者”。元旦，她夺过我的获奖证书，笑翻了天：是不？你填补了虚空，有个漂亮的屁股，就好啦！在家，我依然如以前抢着干家务，还经常给她煲汤呢。

被疼爱的女人，脸色红润，漂亮的丹凤眼温情脉脉呢。在黄梅戏《天仙配》和谐的乐曲声中，现实版的董永和七仙女，恩恩爱爱，双栖双飞。

此时，难免勾起不久前夫妻闹僵的痛苦日子。那是她去移动通信公司做销售要晋升经理了，半年来却很少跟我亲热，虽说是工作忙了。我吗，第四感官以为有第三者插入，才执意要她去催眠测谎。这日，我再去借“入梦机”，不过是想为她“植入思想”以便控制……控制她，被大导演一眼看穿了。如今，我心里反复检讨……我缠住你，闹得不可开交……真该死！我打自己的呆脑瓜。

那是我周围的人叽叽歪歪出的点子，鼓动我“矮仔”给我老婆使绊子的。

缺　席

“哈依，笑比哭好啊，我完全能够事业和家庭两副重担一肩挑！”这天她下班，突然变了个人似的，主动打破冷战僵局。

“请！”一张笑脸，一个弯腰，一下手势，她请他退出厨房？

她又一个“请”字，便把色、香、形、味、美俱佳的饭菜摆上桌，甜甜地唤君入席。饭后，柔柔地说声“请”时，她让那宝兰、鹅黄、蛋青、粉红的衣物，随旋转的水波绽放出一朵多姿多彩的花儿。

可她回头睃视一日三餐堆积如山的碗碟，禁不住地叫苦。一时，他张牙舞爪地冲撞过来，她嘴唇发紫，差点背过气去。“女人不买菜做饭洗衣物，我叫你享福啊？我就是要睁大眼睛，看你女人到底有多大能耐。”

恰巧,有毛病的洗衣机狂呼乱叫,几分钟了,没人处理。此时,一句名言也不合时宜地跑出女人的记忆库:“不公平是存在的,争取公平却完全应该?”她便忘了让别人走着瞧自己,或自己有度量地走着瞧别人的宽容美德,倔头倔脑地说:“你不会少看点吗?”“看什么?”泡电视剧的人还没反应过来,女人叫喊:“看洗衣机吗,闲着的人为何不叫一下修理工?”

这一夜,谁也不搭理谁,但他仍有那种冲动,女人竟也能配合。

当他从温软甜蜜的美梦中醒来时,妻子已上班了。他养尊处优,讲究内里和外表的极度完美与和谐。他起床后先抽支烟,然后端着漂亮的搪瓷杯慢腾腾地刷牙,拿块毛茸茸的白毛巾一遍遍地洗脸,憋着嘴巴细心地剃须,近中午才要去某公司应聘。可在路上居然看见妻子,远征归来似的提着包,风尘仆仆地走向对面楼房,他叫声有没有搞错哇,就盯上梢,窥见个英俊小生迎接妻子进了一扇门。

他不去应聘了,回家打了几个电话,恭候妻子回来说个明白。妻子刚下车,他就逼问:“你怎么分身?”

“这么快你知道了。”妻忧郁的眼里闪着晶莹的泪光,平静地说,“你一个大男人似堆臭狗屎堆在家里,却叫我去挣钱养家!”

他从妻子眼中,感受出一种食之无味、弃之不忍的意蕴,脑子里闪现昨晚的房事,顿时,觉得自己是一只光腚的猴儿,无地自容了。妻子语音刚落,突然,家中冒出一个和妻子一模一样的女人。

哇,两个女人漂亮的形貌交相辉映,光彩夺目,形成一副人间奇景!他一步走向前去拉住她们的手,左瞧右瞧,反复比照:两个女人像个模子倒出来似的,只是一个脸庞上清浅的笑靥时隐时现,温温馨馨特撩人。他心知肚明,哪个才是他闭着眼睛就会想起的女人,又耳闻妻子破腹挖心的话语:"我找不着什么感情替代物,但我已选择感情付出的角度和方向。"

恐惧一下淹没男人。"原来你不要我?"只是他有种吃了亏的感觉,慌不择言地说:"这女人不是你!""可你已不是以前那个爱学习、肯努力的男人了。"女人从从容容回答他。

他从失魂落魄中挣扎过来,恶狠狠地推开另一个女人,眼底柔情涨满,握着昨晚缺席的妻子的手说:"我跟你一起去!"妻随口问他:"你凭什么?"他击掌而歌:"我明天就上班去,下班还跟你同奏锅碗瓢盆进行曲?"

妻子却不咸不淡地说:"真的假不了,假的真不了。"

翌日,他出去找工作了?但晚上对妻子说:"我找到的那份工作是脏活,工资又确实有点儿低,还是等几天再找去,可以吗?"

妻子敏锐的目光一直穿透到他心里去,低吟:"没有人要陪你这种人走一辈子。你自己考虑。"

他躲开妻子的目光,从迷惘中一时醒悟:"原来,女人的眼睛不仅仅用来看东西!"不觉间他已沁出一身冷汗。

"告诉你吧,我爱自己胜过我爱你。不过,我是否留在你身边,却是由你决定的。"妻子紧逼一步,不冷不热又说。

“我知道我应该怎么办了。”翌日一早，他推开“克隆妻”，也挣脱了优柔寡断的自己，突然掉头朝门外跑去，似百米短跑做最后冲刺。

他在五金专卖店做五年销售，在泉城开了个“保险柜大王”专卖店，经销国内“蓝盾”著名品牌。开业这天，妻子“扑哧”一笑：“哟，不怕苦的人有明天。”

他眼里饱含晶莹的东西，讪讪地说：“苦一阵或一辈子，和轻松过日子时间的长短有密切关系！我大学读过哲学，我懂。”

他睁大眼才知道只是想象。他在想象和现实中徘徊。

魔　镜

你料定必死无疑时，一连做了几次怪梦。

你才十六岁啊，在城里的培元中学读初中。几个月前，你父亲为逃避赌债外出谋生，家里断了经济来源。星期天，你回村带生病的妈妈来建筑工地找你爸。工地的人说，你爸刚领钱走人。

你们在城里转，干瘪的肚子在哭泣。初夏的黄昏，雨后惨红的天边灰蒙蒙的。你们在培元中学前的公交车站等车回去。学校旁孝感巷口的大石牌坊，天天和你打照面。你的记忆闪现古代那对夫妇，孝敬瞎眼妈妈美名流芳的故事。突然，你爸拥个年轻女人，旁若无人地出现在视线里。你妈上前打那女人。以前，你爸早出晚归，辛勤劳动，你心里尊敬他感激他，天天默念着：你的前半生我未能参与，但你的后半生我奉陪到底，我要孝敬你一辈子。可现在让你大跌眼镜，又让你目睹你爸狠狠推开你妈，还施与拳脚，你上前保护你妈。可以前很疼爱你的爸爸，此时两眼发红，竟捡块砖头砸你，像极了没人性的野兽。你的细眉抖动着撞出一道闪电，嘟哝道，我要保护我妈！你掏出防身用的水果刀，只不过是比画一下吓唬你爸。但你爸疯了般，拳头似石头，狠狠地砸在你身上。

你的行为超过我的底线了。你喊着，饿坏的身子青筋暴跳，就把刀尖对着你爸的腋下，一扎。你爸顿时血涌如注，扑倒在地，却大笑着似狂风中颤抖的一片叶子。那女人躲开了。小孩子，你肝胆俱裂，脸青青的，冷汗直淌，急忙拉你妈逃离。你妈撇下你跑去派出所，说是她刺死了你爸，你却挺胸而出。

你爸死了。在拘留所，苦恼如一条爬得太慢的毒蛇纠缠你，你心如刀绞地说，我保护我妈却杀死我爸，死路一条了。爷爷奶奶来看你时对警察说，他从小懂事听话，很尊重大人。老师也说，你的书读得那么好，不该进班房。乡亲们跺足。村主任去学校开了你是品学兼优学生的证明，又拿乡亲们的万元捐款，让你妈找个好律师。

法院开庭了。你泪流不止地说，我要死了。你羸弱的身躯站在被告席两眼发直，牙齿“咯咯咯”地打架时，外面人声喧哗，里面已开庭。你如临深渊，吓瘫在地，却突然看见你爸好端端地走进法庭。啊，我爸没死！你惊魂未定，但浑身长劲，犹如根钢筋挺直了躯干。一个空灵的声音传来，孩子，我再不赌博、不搞婚外恋、不往死里打骂你和你妈了。你爸说的才是他做父亲的责任和榜样。这就是你要孝敬的爸爸。你妈哆嗦着说。你喊爸：如果你是个好爸爸，我就很爱你。我怎么会刺死我爱的爸爸呢？

也是你未满十六岁吧。因为最高检察院对涉罪未成年人“少捕慎诉少监禁”的八项措施已出台，法官宣布：你刺中你爸是事出有因，不是故意。我们贯彻国家对未成年人教育、感化、挽救的方针和教育为主、惩罚为辅的原则，给以轻判。然后请校长把你领回去，让你悔过自新，重新做人，回归社会。宣判结束，你妈和乡亲们脸上一扫阴霾，都转悲为喜；老师和同学的笑声，如颗颗豌豆洒落地上。法官最后还郑重宣布刑法规定：满十四岁，不满十六岁的人，犯故意杀人、故意伤害致人重伤或死亡等罪的，应负刑事责任。

生死两重天！你神智很清楚，是谁让我爸活了？你身体来个360度旋转，但终觉得即使是直上须弥山顶，到三十三天之上，也无法找到你爸的影子了。

你步出法庭，突然眼睛发亮——怪梦里几回回见到的活神仙，手中拿个脏兮兮的破镜，站在你面前。

镜子，能叫活人去死，也可叫死人活过来。活神仙说着就把镜面一晃。诡异呢，你爸就站在面前；但活神仙又往你爸脸上唾口痰，把镜子翻转，呵斥：牲畜，滚回“异次元空间”！你爸眼前无路想回头，然而，然而……躯体立马消失了，而且消失得无影无踪。

天穹下，洁净、湿润的空气，灌满你的胸膛。你知道冲动是魔鬼，才害你失手杀了你爸爸，你天天自省。你脑里最难抹掉你爸消失前，那痛不欲生和悔不当初的哭相。学校旁那座“孝感动天”的大石牌坊，引领你更加孝敬爷爷、奶奶、妈妈。

生活就是道场，人生的每时每刻都在修行啊。以后，你就把活神仙的话落实在行动上：生命的两头都是哭，你努力让中间的少哭多笑了。

再以后，你逢人便说：一个好父亲胜过100个校长！

时间的彼方

一场灾难：一人得救，两家遭殃。

小张5岁丧母，和老父相依为命。去年刚娶妻生子，一家人融融洽洽，共享天伦之乐。但这场灾祸使英俊洒脱的小伙子瞬间命丧黄泉。白发人送黑发人，老父心碎了。媳妇改嫁。好端端的家，散了。

李大娘一时失去两个亲人。一夜之间，儿媳疯了。满头银丝的大娘泣不成声，这会儿到哪去要回我的老伴和儿子呢？开春了，家家都在赶车送粪，我们孤儿寡母的，这地咋种哟？求人吧，别人也忙得很，叫你求了一回不好意思求第二回，以后的日子咋过？

这场灾难,村主任的独子被救了,救他的三个人永远地留在井下,死难家属哭天不应,哭地不灵。他们远远地望着村主任家崭新的楼房,想起他家里高级内部装潢和摆设,觉得跟他们破碎的家境,形成了天地差别。李大娘气愤难平,我们都是为了好才去救人的。只是如今,村主任的儿子活蹦乱跳地去挣钱了,一家人团团圆圆,也欢天喜地的。我们的人却没了,他们连看我们一眼也不,讲不讲良心啊?

双方在村委会的调解下,村主任和死难家庭签协议,要各付10万元补偿费和抚养费。当场,村主任眯着小眼,撇着嘴,一声不吭。半年了,村主任以没钱为由一拖再拖。爱的天气顿时由晴转阴,泪雨纷纷落下来,灼伤人的心灵,使人产生恨。一气之下,三位死者的家属把村主任告上法庭。对簿公堂,李大娘申诉满腔委屈,如果他家儿子没救活,我们就一分钱都不要,可他儿子被救了,而且活蹦乱跳的。村主任申辩,她老伴和儿子不是我招呼来的,他们下井我不知道。大娘听完,气得昏死过去。村主任仍理直气壮,他们的死和救我儿子有关,不过,我确实不是直接责任人。

村主任在法院做出相应于村委会调解的补偿金额后,不服,几个月里,一分钱都没付。这天,还写封信要去报社投稿,信上振振有词:不公平的判决令我无法生活。毕竟事情已经过去,他们既然救了我儿子,我一家就得好好生活,我怎么能用我的倾家荡产和家破人亡,去抚慰死者的魂灵?

大晴天,他去报社的路上。突然一声巨响,天地裂开一道缝,他立即感觉被什么东西狠力甩向天空，然后重重地摔到一个地方。迟到的列车把他载到时间的彼方，这恰恰是去年发生灾祸的地方。黄昏，他招呼独子到白薯窖放薯秧，刚放下两袋，发觉下面没动静。他慌忙下到6米多深的井下，把被毒气熏倒的儿子抱到井口，泣不成声地喊，救人啊，快救人！拉着绳索先上了窖子。

耕地的小张听到呼救声，急忙放下犁把跑过来，没有二话就顺着绳子下井了。刚把绳子绑在村主任儿子的身上，自己就被熏得天晕地转。他晃了晃绳子，示意村主任往上拉，还用力推了一把。村主任的儿子得救了，小张却摇摇晃晃倒在窖子里。

同时，李大娘的老伴和儿子听到呼救，就如士兵接到冲锋的命令，立即放下饭碗，飞跑过去。儿子义无反顾地下了井。毒气阵阵升腾，还没等他把绳系在小张身上，便歪倒在小张身边了。老汉急了，也顺着绳子滑下去，没到井底也垂下了四肢。

村主任从重重的一跌中趴起，回过神，发觉腿摔断了，寸步难行；头被雷炸歪了，脸转不过来。他敛声息气，四面观望，有一种超自然的力量在起作用。而这一跌，他眼前跌出了一轮又圆又亮又红的太阳，耀眼的光芒钻进他脑袋里，照得他里面的魑魅魍魉无处藏身。人是有所畏惧才有点良心发现吧。他思忖，乡亲救人如救火哇，忽然听见我的呼救，就不顾一切，舍己救人！可我只顾救儿子，想的净是自己。

村主任站在阳光最充足的地方，才看到自己的阴影很黑。他的心仿佛在十八层炼狱中接受煎熬，心灵的信息顿时爆炸，我的心地长满荒草，昧了良心，被救的才会成为被告，今天还敢写这伤天害理的信要去媒体曝光，是搬起石头砸自己的脚。你看看自己的所作所为，人怨天怒了呵！令他汗颜的一桩桩丑事跑出来，似几个鬼魂包抄过来了。只为一己私利的人，这是上天惩罚你来啦！他如只缩头乌龟，突然"嚓嚓"地撕毁信件，却似捡回一件宝贝，飙着泪，歪着头，忍着剧痛，匍匐回去。

那夜村主任抹把脸，告别丑陋的灵魂般叫，儿啊，要不是那一跌我哪会知道，乡亲们一两的真诚，胜过我一吨的聪明呢！此后，他变卖楼房和所有高档电器，情真意切把钱送给死难家属。

没多久，村主任辞职，不知去了哪儿。

特别的抚慰

我想念那英俊、聪明的物理老师啊！

自从那片房屋划入旧城改造工程后，我就不知道他的家了。没想到，我见到他在相框里冲着我笑。我激动地喊弟弟们过来，说，巧了，陈老师一家也信仰基督教。

陈老师的骨灰盒就安放在我爸妈的旁边。这事发生在前年7月，我们送我爸的骨灰盒到那里安放时，脑海里都是他的那张笑脸，挥也挥不去，和我顽强的记忆紧紧黏在一起，非常鲜明。

——那时，陈老师退休了。他大儿子是我儿子的班主任。因为我和小陈是校友，加上我是他爸的得意门生，我有时到小陈家陪他爸聊聊，老人家每回都高兴得像小孩，倒水、开风扇，忙得不亦乐乎。

那件刻骨铭心的事，就发生在那年中考后。中考前，儿子患急性阑尾炎做手术，19天没上学，小陈建议我让儿子重读。由于我在这学校有根基，认识不认识的老师都很热心帮助我，儿子的语文、物理和数学等老师，有的不怕麻烦给他做重点辅导，有的专为他开小灶，使他较全面掌握了知识，终于如愿考入大中专。那天，我去老师家把儿子考中的好消息告诉他，他送我出门时，关爱地询问了我在企业的情况。我如实讲企业不景气，我也只做管理人员……就在我发动摩托车要离开的一刹那，老师喊住我，亲切地站在我车旁，有点着急地说了句让我揣摩多年的话。

我听完这句话尽管是丈二和尚，但还是清楚他指的是谁。那是我当年当学生干部时，一个常和我上公园批斗大会场的主席台，带领大家喊口号的尖嗓子。她去边远县城吃苦十几年，现在当市级干部，政治上走红了。她的老公是当年我班里的副班长，据说也要当我母校中山中学的校长了。我在老师亲切的目光护送下离开了，但我分明感觉心中着实迷惑得很。那对夫妻当年都要仰视我，但已时过境迁了。我想，这一头是正跑红的市级干部，另一头则是小陈的未来领导，况且，陈老师毕竟是这所学校的退休老师啊，干什么讲人家坏话呢，还挺“恶毒”地诅咒。我虽然知道这市级干部有点高傲，走路老是把头抬得很高，但我还是百思莫解，一直揭不开老师和我话别时，匆忙地跟我讲这句话的谜团。因为人生道漫漫、路匆匆，我没时间停下来研究它，弄它个水落石出，偶尔想起，也无暇顾及。

十几年光阴飞逝。今天竟在老父的安息地遇见久违的陈老师，可他已经离世。我站在他的遗像前抹泪，只有默默地祈祷，禁不住对他呢喃，我敬爱的老师，您当时怎么回事，竟骂那大干部？她和她老公不也都是您的学生，当时也都表现得不差吗？

突然，听见天空中嗡嗡如飞机飞行的声响后，熟悉而响亮的声音真真切切地在我头顶上回响，陈老师亲切地叫着我名字说，孩子啊，我是以为他们都有成就，你却还是个企业的小管理，老师怕你有时心理不平衡……我也是一时找不到安慰你的话，才会说梅楠，你要知道……爬得越高的会摔得越惨！

四野阒然。全部声音宛如汽车急刹一下，周围嘘的一声，然后一片静寂。

没想到啊，疼爱你的老师，竟打击你当大干部的同学，来对你示好。所有在场的亲朋好友都被感动了。我的 4 个弟弟也有 3 个读过这所中学，都知道陈老师为人师表没得说，但竟有神话里的奇迹在眼前发生，他们都面面相觑，然后一起看着我。

曾很喜欢我的老师的回话如一束冥冥黑暗中的强光，也似一柄魔杖戳穿我的心扉点化我心中的谜团了。我想到老师是个急性子，眼中浮现他讲课时脸带微笑、抑扬顿挫、神采飞扬的形象，立刻向他汇报：您老放心吧，我现在是个袋子里没钱心里却有钱的人，我想我也是活得挺自在的。再说，人生道路漫长吗？每个人都以不同的方式到达生命的终点，过程不必雷同。您的学生只要自己是有个性的那个就满足了。我的话刚说完，便又听见一阵嗡嗡声，随后消失了。

我似男子那样刚强的女人，竟被一句话感动了许多日子。因而，我每年去扫我爸妈的墓时，不忘给陈老师奉献一束鲜花。

无 心 人

那是20世纪末的事了。

轰隆声声，电视镜头推近，在国家重点工程某国道上，竣工的一座座公路桥栏杆，只要被人用手轻轻一推，就立刻倒塌。市移民局局长在看新闻节目，摸胸口说了句让人摸不着头脑的话，我为局里人把整个心都掏出去了，我不怕……

国道建设，怎么能允许豆腐渣工程泛滥？市长大发雷霆，敲破桌面责问包工头，你把建国道的钱弄哪儿去了？包工头被吓破了胆，忽然喊冤，我承包这工程，才拿到多少拨款，您知道吗？

市长的心里搁着国道路桥的豆腐渣工程，掌握情况后，请来移民局局长说，建国道的款项要一分不差地拨给公路局。移民局局长说，早把款拨给公路局了，还拍拍白白净净的手说，这些钱我一分也没放进我的腰包。市长也请来公路局局长。公路局局长说只收到部分款项，据说被移民局截留大部分，也推得一干二净，我留下30%的管理费，是名正言顺的。

媒体也关注国道路桥的豆腐渣工程嘛，记者前来采访移民局局长。望着离去的记者身影，移民局局长自言自语，我连一分钱都没拿，完全可以任凭风浪起，稳坐钓鱼船吗。眯眼，眼前掠过那天他剖腹掏心的举动，自己被感动不已。局里收到巨额拨款，他心急火燎，表面按兵不动，心底里却倒海翻江。爸爸就是被舍得一身剐的那些人拉下马，还踩上一脚的。他的心瑟瑟地抖，一下抓住个绝好机会，竭力要达到某种效果。马上召开全体职工大会，简直是个无私无畏的勇士那般，突然剖开胸膛掏出扑扑乱跳的心，向干部和职工表忠心，谁叫我是局长？做局长要忠心耿耿地为大家谋福利，赴汤蹈火，在所不辞。同时，举手对天发毒誓，只要我在位一天，就为每个人都安排一套房子，让每个人都享受优厚的奖金，否则我愿遭受天打雷劈！全场的人因讶异而鸦雀无声后，立刻回报他一阵非常热烈且经久不息的掌声。许多职工感激涕零，差点跪地谢恩了。

局长记忆的手又打开另一个空间，在他剖腹掏心的那个会后，轿车飞驰在公路上。不知何原因，他觉得车后有种诡秘的声音老跟着，他命令司机停车。一下车，他面前站着一个美妇人，瓜子脸，两腮雪里透红，身段窈窕，妖媚动人。局长看呆了。美妇人嗲声嗲气，大局长，菜无心能活，而人呢？但局长反应迅速，感觉胸口窒息，急忙按住舌头，闭紧嘴唇，走了。哼，狐狸再狡猾也骗不了我局长！他躲进轿车，沉醉在聪敏睿智和扬扬得意之中。

这天，国道路桥豆腐渣工程被曝光，市长开会讨论决定，派来的调查组人员，居然被职工团团包围了。人声鼎沸，群情激越，有人握着拳头叫，局长为我们，把心整个儿掏出来了，我们坚决拥护他支持他。一位老职工跪地求情，局长是个大好人啊，你们不能……调查组组长看见局长，年过不惑，身材魁伟，国字脸上五官端正，也了解到他自从调到移民局，说话做事都给职工留下极其美好的印象。你以为天时、地利、人和，吉星在头上高照着吗？

可局长要的正是这种效果。他看见职工都拥护自己，内心被强烈地震撼了。以前，我常恨自己言语浅，不如人意深。局长现在好得意。

局长也惊喜，我截留筑路款为干部和职工们建房，是办了件大好事哦。在调查组组长面前，心里更兴奋了。他走一边去，摸摸胸口，拍手笑，哪里是无心？我是大大的有心人啦。他不禁嘲笑自己，那天路遇妲己，我怕她干吗？局长显然感觉胸膛里，心脏始终强劲有力地跳动着呢，便把话音提高八度，移民局截留的款是为局里人办事了。况且，我绝对没拿一分钱放进自己的腰包。一阵窃喜，他哈哈大笑，拍拍胸膛表态，我从来没有贪污受贿，是个很清白很清白的官，不信，你们可以反复调查嘛。调查组走后，他发出一阵狞笑，再说吗，事关这么多职工，我看你们怎样整？

在上午的新闻节目里，几个慷国家之慨、假公济私、大肆捞取政治资本的贪官，终于受到党纪国法严厉制裁的形象，直接烙入局长的大脑袋瓜里。

做官怎么能无心？

大局长突然领悟妲己那天的问话，一头栽倒在位置上。

诈骗犯

我兴冲冲的。那是出狱后，儿媳刚生了一个大胖小子，再说今天新酒楼开业，朋友定了 30 桌宴席。我来到门口，老保安咕哝：老板，以前那侯副总……我感觉哪里掉了链子，踩着碎步进酒楼就如进入荒芜的墓地，没人迹且寂静得似地狱。怪啦，我喊可爱的干闺女乳名，还点了几个经理的大名，都没人应。

我忘不掉那双眼睛，那眼睛深邃得见不到底的古井。

……

我和它对着、僵着、抖着。但我顾不得了，心中的那份疼和空，如把弯刀，一直搅，一直搅。我顾影自怜：我没攀天巨足没腾飞的翅膀，没有洞察人生的眸子，没有体味人生百态的心！而且，野兽受伤能跑到山洞躲起来舔舔伤口，可我……我恨我的员工不辞而别，嘟囔一句什么的，鬼使神差地冲进厨房，拔出一把寒光逼人的刀，抹了一下脖子。顿时，我高大的身躯如被宰的一头猪倒地，一股血腥味冲天射出，我的冤魂如一团雾，袅袅升腾。

灵感？

我笨得如一头猪，只能去地狱。路上，霹雳声声，细雨蒙蒙，什么拍脑门可飞快地启动灵感。每次我拍了 N 下，都没用！

我脑子里又冒出一棵草。哟，那天，那雄狮踩到它被蜇疼，就一口把它吞下。它生满的针刺，如铁锚一样牢牢地钉在雄狮的食道里。雄狮无法吞食，就在痛苦中活活饿死。可惜，我不是那棵草！

就如夕阳见不着曙光，我跌跌撞撞地走到奈何桥。悔恨啊，只为银行的高利息：

五年前的一天，原酒楼的侯副总到我办公室，说朋友开厂需要资金，可付高利息。我说，酒楼也不赚钱，也想以钱生钱只是手头不多。几天后，侯副总讥笑我：让钱闲着的人是可耻的！说对方可通过存款去抵押，存一贷三。你的钱一存进去，他立马付利息。天上掉馅饼？我一下存了40万，就拿到12万元利息和盖有银行营业部业务公章的还款承诺书。看到那个鲜红的印迹，我才一而再再而三存入100多万。

这时，牛头马面扑过来，我极力挣扎：我不该把钱存入那银行！

那天，我借出的40万元期满，持着还款承诺书去兑现，却被经理告知：存款已被人取走，并以正在调查为由拒付。我多次取款未果，就告上法庭。七八月间，在法庭主持下，我和银行达成协议，通过县公安局经侦大队，向私自以我名义办卡的信贷科科长任津奎，要回40万元。只是后来存入的80多万元，银行拒付。我手持还款承诺书等证件却领不回钱，又上诉。那中午，西北刮来龙卷风，县城黄沙滚滚，闷热天下了大冰雹，突然，我不明就里被警察戴上手铐，次日，又以协助任津奎取走存款为由，被公安局刑拘。我偷鸡不成反蚀把米，被判5年徒刑。老婆病倒。女儿迈上艰难的诉讼之路。在狱中,我梦里听见女儿哭叫:银行说还款承诺书上的公章,是你伪造的。银行还称遭遇诈骗,警方介入,法庭裁定我家的民事诉讼中止审理。我醒来,指着自己问:我是诈骗犯?

奈何桥上,我终于被牛头马面拖到阎王殿。冷酷阴森的大殿里,阎王敲敲惊堂木,四周回响着阴沉的声音。

我跪求阎王,涕泪涟涟,冤气冲霄:我是名正言顺地把钱存入的!我晃了晃还款承诺书。小鬼把白底黑字的单据递给阎王过目。

银行是赖账还是行长跟信贷科科长勾结,还顺是居心不良,才把我送进班房呵。我叫苦连天。

阎王搔搔没几根发须的头,伤透脑筋,大叫,给我捉信贷科科长!

他是行长的铁哥们。早出国了!

阎王从位置上弹起来,一脸怒气。我一并告那科学家的状:什么如心跳停止者按压前胸以复苏心跳一样,碰到难题拍脑门,一切问题就迎刃而解。骗人的!

阎王明鉴,大骂该死的银行信贷科科长,一掌击桌上,杯子跳到半空中。

忽然鬼声沸扬。大王,连大房地产商都跳楼了。此际,小鬼身后的李盖世哭声震天:阎王,房地产下滑是银行太黑了!

阎王顿足:行动。要不,连酒楼老板都被员工误会,大房地产商都被宰得无路可投!小鬼举令牌去抓人。

几天后，气咻咻的小鬼说：大王，山海呼啸，沧海变桑田了。银行的官都在接受审查，人们载歌载舞，说上面会查、会抓、会关，还有震惊世界的“猎狐”呢。

我习惯地拍下脑门，哇，灵光乍现，一下遇到那双吓人而燃烧的眼睛，我跳得老高，欢笑：你到底看不下去啦！

魔瓶碎裂，万道霞光穿透黑暗：我的新酒楼开业那天，比我少判 4 年的侯副总到酒楼造谣，员工才不愿在我这诈骗犯的酒楼里工作！立马，我也拨开层层雾霾，呼喊着，国家的性格，人民的大手，胜过几万棵恶魔角！

我多么想返回人间。那天，灵魂未脱离躯壳时，我嘟囔，员工们，你们都没错，是我错了！阎王哈一声笑，又用惊堂木敲敲桌子，作手拿锄头和握锤子的原始劳动动作，大叫，人哪，别整天只盯住钱！

李盖世哭得似头大水牛：下辈子我再不会端起饭碗吃肉，放下筷子骂娘了。

后 羿 射 日

天空中升起了九颗太阳，热浪蒸腾在钢筋水泥森林的上空，把人几乎烤成大红薯。

后羿也燠热难耐，休息日一大早，什么都不管，只携带妻儿上避暑胜地去了。比他早来的人说，后羿啊，是举世闻名的神箭手，也是著名的爱情诗诗人。他最有名的并曾令无数女人为之倾倒的名句是："为了你这一棵树，我愿失去整个天空；为了你这一枚贝壳，我愿失去整个海洋。"

避暑胜地也难避炎热炙烤，大腹便便的款爷最先提出哲学命题：酷热是天灾还是人祸？

头发花白的水利专家说："大量开发建设城市，砍伐森林无数，不单使森林消洪补枯能力减弱以至消失，而且造成水土大量流失。"

大名鼎鼎的农民企业家不甘落后地说："草原和沼泽被无控制地开垦，许多厂房及高楼拔地而起，难免发生洪水之灾。"

很有气派的那个秃顶大咳一声说："长江上游的植被破坏和下游围湖造田，直接造成河床抬高和下泄不畅，但洪灾最关键的因素并非人为嘛。"

后羿是个直筒子，看见那人似乎在代表什么发言，脸憋得红红的，大汗淋漓："去你的！做什么官样报告？眼下是热，热。热，你懂吗？你说咋办？"

那人目中更无人，早看不惯这位连年夺冠的奥运会名将，心想压压这小子的嚣张气焰，压低声音："火，火什么？你是神箭手，射日去嘛！"

他的话声刚落，真的有人搬来一副金弓铂箭。弓如满月，箭似流星，叫这位天塌下来也敢当被盖的英雄好汉，无法昏昏然，糊涂涂，更没让这位人高马大又身强体健的神箭手有任何拒绝的时空。

“后羿射日啦!”他的名字顿时成了震耳欲聋的呐喊?

嗖、嗖、嗖……

八支白金利箭,波澜壮阔,声势浩大地射向太阳,一矢一个。最后的太阳慌忙地逃走了。人们欢声如雷,小伙子扛起射日英雄,把他抛向天空,年纪大的劝告他:“你留下太阳公公吧。”

好久,太阳公公又露出红红的脸膛,竟开口说话:“说来地球是人类的主人,我和月亮及绿色植物也是人类的朋友。因此,我好心奉劝客人们,你们在享受许多优厚款待时,要学会尊重和感谢别人,与主人和朋友们和平共处。”

后羿火气直冒,让金弓铂箭又摆开阵势,吼声震天撼地:“你放什么狗屁!让我一箭也……”

太阳公公扬起浑浊的老眼,不慌不忙又不亢不卑地说:“你把我也射了就糟喽!”他眯着眼,往下说:“人啊人,你不觉得你们虽从‘无中走出’,但会在‘有中消亡’吗?你们长年提出‘人定胜天’的高调,又在与天与地斗中其乐无穷,我老汉耳熟能详。但现在是什么时候了,我不能不斗胆告诫你们,人自以为是‘万物之灵’,大智大勇,征服改造世界所向无敌,这的确风光无限,但有没有考虑到大刀阔斧、精雕细琢得完美无缺的‘人工巢’之外面临的灭顶之灾吗?如特大洪水、特大旱灾、特大雪灾等等。就这点,连我的儿孙也瞧不起你们人类,才肆无忌惮并穷凶极恶地跑到人头上撒野。”

后羿听太阳公公一席话,从噩梦中醒来,低下高傲的头,大彻大悟。他不禁仰望太阳公公的老脸，想起它和人类已经相处了无数岁月，春夏秋冬，送光赠热，恩泽万物，从不期望报答，就敬请太阳公公原谅自己的鲁莽，恳求他老人家指点迷津。

太阳公公激动得热泪盈眶，沉思半晌，念了句"夸父逐日，半途渴死，弃之拐杖，化为邓林"，便躲开了。

"我也怕成为最后的那个人！"

后羿竟然产生一种悲壮感了。当众改写爱情诗，高声朗诵后来也成为名句的诗句。只见他把金弓铂箭扔出老远，突然倒地一滚，滚成棵绿色小树，顷刻，长成了好大一棵树，如个顶天立地的英雄汉，立在空旷无垠的大地中央。

在场的人都发呆了，妻儿抱树大哭诘问天："'万物之灵'似乎没有天敌，而天敌终究是谁？"人们你看我我看你。

——"为了整个森林，我愿做一棵树！"后羿的诗句，果然成了人人传诵的名句。后来，人们把后羿化树之日定为"全国植树日"，年年种树不止。

如今，无数片森林在和煦的阳光下葱葱茏茏，大地上年年四季，风调雨顺。

一树一菩提

英雄哦，是一副性急的热心肠。他做事很有意思的，往往一下直奔主题而去，动作又快又利索。

凌晨4时火灾发生，熊叔叔连鞋都没来得及穿，就叫醒自己的妻儿和岳母。他们一齐逃到楼梯口，他发觉在这危急的关头，楼道里没有一个邻居逃出来。危险在即啊，他不敢片刻迟疑，又冲回楼道。矮矮的小男人，年过半百的老头儿，举起拳头似鼓槌，"咚咚咚"，用力敲响一家家邻居的门，撑开嗓门："起火了。快跑！"他身后的大火不断蔓延开来，红光闪闪，温热炙人。楼下邻居夫妇睡得香甜，听见熊叔叔的呼叫，连忙提着衣服跑出房子，终于各自捡回一条命。另一个邻居听见起火的喊声，还以为是谁家遭遇盗窃喊人帮忙捉贼呢，不紧不慢地开了门，才发现大火即将封门，赶快唤醒老婆孩子，慌忙逃出火场。心急如焚的熊叔叔才冒着浓烟跳窗逃离。但天下竟有这种怪事，等他撤离，才发现岳母、妻子、儿子还在火海中。

"我分明带着他们逃到楼梯口的啊！"在纷乱的人群中，熊叔叔撕心裂肺的哭喊格外响亮，"不要拉我，我去救他们！"可此刻，大火已无情地封锁所有的出入口，冲进去只能是白白送死啊，邻居们就紧紧拉住他。

邻居说，熊叔叔来自著名茶乡安溪，在水泥店帮人卖货。30年前到泉城做工，就一直住在这栋老宅的阁楼上，跟所有邻居的关系特别和谐。有人搀扶他，轻声安慰他。他在守灵时，涕泪交流，摇头捶胸，哭喊着：“是我对不起你们，是我不对，我该死！”

笑，谁不会？哭，却有多难。熊叔叔奋不顾身地救人，使这场火灾中的大部分人获救，而他的岳母、妻子，还有儿子都葬身火海了。倔强的熊叔叔，在外吃了亏或受到伤害都会掩饰感情，眼泪只会往肚里吞，然而，在死去的亲人面前哭得非常伤心啊。他看着死去的妻子，想起往事便捶着自己的头哭嚎着：“这辈子我欠你，老天爷惩罚我来世，务必先要找到你。亲，让我再说一次，下辈子我仍然跟你过！呜呜呜……”他倾泻内心极度悲哀的哭声，叫旁人听了为之心痛。

社区王大姐想：“在死难的魂灵面前，就让他哭个痛快吧。”但熊叔叔在停尸房守了三天三夜，几乎不吃不喝，更恐怖的是，他性格比较执拗不让安排下葬事宜，大热天三具尸身开始腐烂，散发出阵阵臭味，大姐急得如热锅上的蚂蚁。“是向‘120’求救还是打‘110’求助？”大姐犹豫不决时，火葬场派来一位风风火火的医生，大姐摇着头低声地说：“生命是需要爱的，日子也只能顺着过啊！”突然，大姐搀扶熊叔叔干瘦如柴的身体，让人迅速为他打了剂“强心针”。一会儿，熊叔叔便昏昏睡去了。

一会儿，熊叔叔感觉肩膀上长出一副翅膀，如一只鸟儿飞起来了。飞呀飞呀，飞到一个神奇的、几乎触手可及的、能亲吻到湛蓝如洗天空的村庄。四周风景奇丽：莽莽群山、远古的“石兽”、奇诡的山洞、高耸入云的异树，不愧是云雾村，轻云漫溢，薄雾弥绕，果然云遮雾障。人站在山腰，就能隐约看到远远近近矗立着许多的老式房子，依着梯式的山形建造得整整齐齐，错落有致。他飞到一棵枝干高大、笔直冲天、鲜翠欲滴的小叶榕树下，一下清醒了："这就是生我养我的家乡啊！"熊叔叔站在跟他一样年纪的大树下，身心回归大自然，心情愉悦了，日久，渐渐模糊了天大悲哀和极大的痛楚。

半年后，熊叔叔出现在居委会门口。王大姐心里有点儿恓惶，脸上羞答答的就如犯错误的小孩。原来，熊叔叔回到城里，生命再生了般重建家庭，开始新的生活，他前来社区找王大姐。

"熊叔叔，那天打针是为了救你这个大英雄啊。"

"我知道，你们怎么会见死不救呢？"熊叔叔微笑。

王大姐完全没想到，熊叔叔是来向她道谢的。他已经知道，那天殡仪馆的医生给他打的，是一针新型致幻剂——世界需要你！

太　岁

很久前，长白山下了一场大暴雨，山洪暴发，把以前深藏不露的东西统统请了出来。

终于等到老天怒气消退时，河床上的死猪、死狗、死猫，几经曝晒都在发臭、腐烂、生蛆，瘟疫流行，二秃子也生病了。

这天，他往山里走，浑身乏力，两眼昏花，突然见到一块圆圆的东西如动物肉，孤零零地堆在小山崖前，哟，似猪肉，却在烈日的曝晒下，既没腐烂又没引来蚊蝇。

它到底是植物还是动物，或是矿物？他在那边踱半天步都探不出个究竟。是有点不舍吧，便收集一块木板铺地，又找来张破席围上，全神贯注地研究这谜团。三天三夜过去，带来的几个土豆吃完了。他只发现周围的动物，虽跟他同样看到这东西，但谁都不敢随便咬一口。但在被山洪狂卷后的河滩，确实找不到充饥的，那天，他虚弱的病体就栽倒在这“肉团”旁了。

他也是心有不甘吧，这时并未死去，耳朵真切地听见天空中几只老鹰正欢叫着，要把他当午宴了。偏巧，他蒙眬中见到一位足有千千岁的老翁，手拄龙头拐杖，笑吟吟地飘到他跟前说：“二秃子，还不快吃几口太岁？”

“太岁？”

他挣扎着坐起，欣喜万分，设法割下块太岁，眯上眼睛，狠命地咀嚼。哇，没想到它表面黏黏的，入口却又韧又香。刚下肚，肠胃就鼓鸣般一阵大叫，一会儿就有便意，他赶快跑到山崖边狂泄一番。

他睡了一天一夜醒来时，竟感觉通体舒服。哦，这太岁一下治好我的病。“我找着宝贝啦！”他放眼四顾没发现他人，连忙脱下破上衣裹住太岁，抱紧太岁朝村里跑去。

“有救了。”他突然呼喊着，请来生病的乡亲在破院里坐下来。夕阳西下，红霞满天，他只穿一条破裤衩，肩上的头颅光秃秃的，有点滑稽。两道眼神却似阳光那样和煦温暖，宛如一位悬壶济世的神医，操刀割下一块块太岁，煮熟后请患病的乡亲一一吃下，一分钱也不收。几天后，可怕的瘟疫就和乡亲们说拜拜了。奇事传开，科学家前来一睹太岁，说它是介于向较高级的动物或植物两个方向演变的一种菌类原生蛋白质，能自生自长还能使人百病不侵，以至长命百岁。

这次奇遇后，二秃子凭着这块太岁，治好许多乡亲的疑难杂症。有个乡亲把他的美好事迹编成诗句，有心人敲着板子，把这事传遍长白山下的村庄，有人就把他奉为包治百病，还能使人长命百岁的神医了。这就惊动有权有势的人，有人要以大价钱买下太岁，有人恐吓他要抢夺太岁。

这几年，和他在一块喝酒聊天的老兄弟，惊叹这太岁是个取之不尽、用之不竭的金元宝，七嘴八舌为他出主意。那晚喝酒，有人说你就卖个大价钱吧，盖座别墅买辆小车娶个漂亮老婆，兄弟也跟着你享享福。也有人提议他开诊所，专门高价卖太岁。

不料，二秃子大发雷霆，顺手扇了他们几巴掌，怒斥："没心肝！你们知道吗？当年，老家大旱，我们乞讨到本村，爸妈都饿死在那棵大树下，是大爷带我仔进这破院，给我一口水喝、一碗饭吃、一件衣穿，我才活下来的。"提起往事，他也念念不忘乡亲的恩情比天高呢。"大爷过世后，是乡亲们一口汤、一碗玉米糊、一块山药蛋，让我填肚子。只是近几年，我头脑有好多想头，不喜欢干农活，辜负乡亲们。"

二秃子猛然想起那些当官的,“当官的哪知道乡亲们缺医少药呢。”几日后,他跟个大官谈判成功,先收下一笔钱,并协议让对方为乡亲们办个诊所,长期无偿为乡亲看病和发药。他害怕对方悔约又一起去做公证。回来,二秃子眉毛弓起如两座乌黑的城门,悄声对乡亲们说:“大家别怕,我还留着一小块太岁呢。”

“到底是和我们同甘共苦过的好孩子,做起事来滴水不漏。”乡亲们望着这以前似乎好吃懒做的小伙子,不禁惊叹,懒人有懒人的招数!这才看出这小子头脑不简单,脸上全露出满意的微笑。

这时有人插话:“这当官的还好哦。”

“他好,比得上我跟他签订的东西好吗?”二秃子淡定地回答,倒像个有谋有略的大将军了。

无头英雄

我认定我的意中人是个盖世英雄。这天,我和卢哈赤举行隆重的婚礼。

我们珍惜人生这一次,按闽南习俗,别出心裁凸显婚礼场面,采用引人注目的复古仪式。在唢呐和锣鼓声中,新郎骑着白马,带一对八抬大轿的迎亲队伍上我家娶我。为让我爸妈家里旺气,我哭着告别双亲,和卢哈赤向父母跪拜大礼。我爸用条“乌巾”

蒙住我的脸，相传这是延续古代“黑夜抢亲”的习俗。我上轿时，卢哈赤家人拿条“封条”贴轿门，这就意味着我一生跑不了了。仪式也够传统，迎亲队伍浩浩荡荡，古乐声箫，一路伴随。新郎高大健美，昂首挺胸，喜气洋洋地跨在马上，微笑着和熟人打招呼。队伍里有轿夫、喜娘、金童玉女，还有挑嫁妆的家丁，提灯笼的孩童，举喜牌的开道者。花轿到他家，新郎退到轿前，背向轿门倒踢一下，我也按老风俗用力地“回敬”他一脚。

在大酒店，我们的婚礼别具一格。我的凤冠霞帔及绣花鞋是自己做的。新郎造型英气逼人的将军盔甲，是我花两个多月亲手缝制出来的。男士们望着卢哈赤用右手我用左手合力造出一个心形，在新郎一袭银光闪闪的将军服饰面前，艳羡有加，赞美此爱——天下无双。

但人生不如意的事很多。婚后的一个深夜，学校的教工宿舍突然着火了。卢哈赤阻挡楼道噬咬过来的火势，把我隔离在他的身体内侧，任凭熊熊大火在他身上燃烧，后脑勺被火烧得如块煎饼凹陷进去，一息尚存，被送医院救治。哦，我说上天一定是看在卢哈赤是个“盖世英雄”的面上，让他活着。只可惜他脑子被无情的火焰舔舐了，变成不能思考的行尸走肉了。

你知道我是谁吗？我是那死后多年，尸身不腐且发出檀香味的太老奶奶的后人。太老奶奶生前说过令人摸不着头脑的话，说白点，胃是人的“第二张脸”，即人还有个“腹脑”之说。尽人皆知，当大脑停止工作时，身体就会死亡。但我的“无头英雄”居然在没有大脑思维时还活着。但没大脑的身体还能思维吗？这是我面临的要解决的大课题呢。

那晚躺在床上，我看见以前的体育老师，粗壮的大手像蟹钳般有力，拳头一攥就如榔头那样，心疼地说，今生今世我要使出浑身解数，让你活得好些！我上网找资料，找着胃是人的“第二大脑”的篇什。说胃、大肠、小肠的消化系统，是大脑以外最为复杂的神经系统，有上亿的神经细胞分布。只是“第二大脑”能控制脸上的哭笑表情，又有不听意志指挥的一面，受到刺激会耍泼。我因势利导吧，因为尽管它特别“自私”和“任性”，可它还是对自己爱护有加的嘛！嘿嘿，我只要尊重它，激发它的思维功能，就具有可能性。我的笑容不由得在“无头英雄”的脸上，点燃一盏充满暖意的神灯。

我是医院的内科主任，知道有些神经荷尔蒙是大脑和“腹脑”都会分泌的。忧郁症和自闭症等诸多毛病，都可通过提高血液的血清素量和服用有益菌来治好的。几个月里，我查询，我论证，我绞尽脑汁。一边做着白日梦，想从俄罗斯的克里奥鲁斯人体冷冻公司的氮气金属筒里窃取个大脑，来解救我的“无头英雄”，另一边我常回槐树庄。国庆节，鸡刚鸣啼，我就骑摩托车到太老奶奶家。我是有太老奶奶的神明庇佑着的。我精神振奋，锲而不舍，翻箱倒柜寻医书，甚至掘地三尺找秘籍，终于找着寻求绝世妙方的途径——原来人紧张时，意志是可转换成躯体的某种能量，使人继续活动的。换句话说，大脑突然失去对身体的控制时，“腹脑”可在短时间内起作用。我把所有的知识串成链，思路明晰了。我为有重大发现欢喜若狂，摸黑回家，一夜无眠，激动地摇晃着“无头英雄”的身体，尖叫着狂笑着，你有头，你有头啦！

我的“换脑”方案出台了。从提高“无头英雄”身体里消化系统的血清素开始，我每天给他服用东方之子“双奇”，让几千个有益菌优化他的消化系统。他的“腹脑”正常运转，就似大脑一样指挥肠道分泌多种荷尔蒙，进入血液引发重要的生理反应了。我的思想从乌黑的眼眸飞出，似鸟飞出窝巢：假如“腹脑”随时能产生应激反应，第二大脑的功能就保持了嘛！我抱住“无头英雄”，如常春藤缠在一截干枯的树干上。

我就是掌握金刚钻敢揽瓷器活的人，才找到我的“无头英雄”身体里，不断产生应激反应的绝招，解决“腹脑”工作的尖端科技课题。只是这项技术对我们太重要了，我决定不对外界披露——“无头英雄”已有思维的惊天秘密。那是十年后的一天，天微曦，门外绿荫一片，风动一庭花影，雄鸡仰首啼鸣。“无头英雄”拥抱我，如犯大错又很委屈的小孩呜呜地哭，继而呵呵地笑了，我是谁？他的眼神突然在询问我，以前刺猬般的头发虽变得柔软，但仍透露一种生命力的顽强。这哪是梦！没几天，他就开始咿呀认字，逐渐能做些力所能及的事了。我泪雨倾泻，又痴心妄想，道出我要生个小“盖世英雄”的愿望。他有点担心，我们生的孩子会有脑仁吗？

最近，意大利的神经学家，掌握了将健康人的头部移植到病人身上，使人重获新生的顶尖科技。看首例实验是否成功吧，我们也很想尝试，无论要贷多少款，几代人才能还清！

一语成谶

阿青,嫁给我吧!

泉城钟楼的十字街头。阿牛身着笔挺的西装,怀抱九十九朵红玫瑰跪在美容店门口。

只是他汗珠沁满额头,却得不到一丝回应。

以前,这大头大脸还身高体壮的保安,都在酒店门口站岗。从他身旁走过的女服务员喜欢和他打招呼,轻佻点的便同他调调情,夸他英俊外表人见人爱的姑娘有的是。

去年年底,阿牛认识十八岁的阿青,迎来了甜蜜的爱情。抑或都有渴望悸动的灵魂,就撩拨彼此心灵深处的激荡,两人相约私奔了。阿青父母报警也找不回女儿。今年初夏,阿青如一只潜水艇浮出水面回到父母身边,家人喜出望外。可见她身边有个男人,父母高兴之余,对阿牛带女儿私奔的事极为不满,毫不客气地把他驱逐出门。

阿牛确实是个有情郎哟!为此,他没心思做保安了,就在阿青家对面租间房,整天坐在门口隔街守望。那天见阿青下班,眼珠一亮,就飞快地迎上去,热情地揽着她的腰,亲昵地拉她的手,请她进屋,一边霸气又柔情地说:阿青我一定能使你幸福,谁也别拦着。什么时候,你想嫁人就先告诉我,我娶你!你干吗?阿青虽不漂亮但性子倔，把身子骨一扭，脸带红晕挣脱他的怀抱。他几次登门求爱也屡遭拒绝。

白云在青天，可望而不可即啊。他就在网上谋求女友回心转意的办法。

有人回帖：做一件非同一般的事，让她注意你。

有人说：你学骆家辉，就在鲤城的东西塔上，挂条大红横幅向她求爱吧。

通淮的关帝爷都说很灵验，不妨去求求。又有人支着儿。

关帝爷那儿也去求，签也抽了，但不如愿。事在人为吧。开始，阿牛并不把这事放在心上。

记者来采访，阿牛喊道：我计划和她结婚，还带她去旅游度蜜月。他侧身对旁人嚷：我在众多办法里，选择用九十九朵玫瑰的方式来求爱，有些犹豫。网友说那是你的自尊心在作祟，不把心结打开你就永远得不到幸福。他陶醉在对未来美好的憧憬中，人大咧咧：读到这贴心的话，我反思是自己太爱面子，就买了玫瑰来跪求，耐心等待她出现而欣然接受我的求爱。可未知何因，他跪着忍受烈日的曝晒，半日了仍无人理睬。

倒是来了个傻子，看阿牛怀抱的大捧红玫瑰，咧着嘴，口水快要流下来了；娇艳欲滴的花苞经不起太阳曝晒吧，喊蔫了，蔫了。阿牛不理他。傻子摇摇头：也不能当饭吃，对不？

霎时，阿牛涨红了脸庞，恼羞成怒地丢掉红玫瑰，似一头野牛从地上蹦起，冲入关帝庙，对准圣像射出口浓痰，甚至粗言野语相向：我找你算账，你这该死的糟老头子！动手就要推倒圣像。香客谴责他，制止他。

他有气无处出，烦躁起来，便带着朋友又去阿青家大吵大闹了。

不料，那晚关帝爷找上门来，红着脸阴沉沉地说：我只管世人诚信与否，从不过问婚姻关系，故以婚事求谶言的都未能如愿。

在迷迷糊糊中，他又望见关帝爷手提偃月大刀，道貌岸然地踱着方步走来，到他跟前喝道：不是我一语成谶害了你，而是你太作秀！

谁知阿牛没教养却很聪颖，不光知道关羽有忠义无双的一面，也知道关羽有狂傲自大的致命弱点，居然胆大包天，开口骂人：你别把自己太当回事了！你被后人敬为神尊为帝，可那时你为何没一点力气抵抗曹兵，死在陆逊、吕蒙手里，输得那么凄惨？

关帝爷哽咽：走麦城失利我确实是英雄空余恨！年轻人，你看我一直红着脸。假如有来生，我就不再把自己太当回事了。他说完，低下高傲的头颅，脸红红的，正羞涩着呢。

……关帝爷的涵养，如一颗子弹给枪上了膛，阿牛不觉扣动了扳机。一种美美的东西撞入眼帘，使他觉得关帝爷雕像养眼、养心又养人，值得他敬仰和崇拜。瞬间，他有掌掴自己的冲动：爱情也是应该有点儿羞涩的！想到这，他跪请关帝爷原谅。

关帝爷笑呵呵的：我不再褒贬你用九十九朵玫瑰跪求爱情了。你去谋生吧，更要学会尊重女人。你想，你那天当着阿青父母和哥哥的面扇阿青耳光，她会再理你吗？视爱女为心头肉的父母，舍得把她下嫁于你吗？只有天晓得了。

翌日一早，愣头青阿牛就冲出去了。

金黄色晕圈

令人难以置信,她望见夫君头上有个黑黑的洞,一个深不可测的黑洞,里头黑气氤氲,叫人心惊胆战。同时,她听见有人在骂:“女人总坏事!”

一支无情棍在她颅内敲击着,她一下掉进无底的黑洞里。刚才,夫君对她咕哝:“中饭时,小李没锁门,又跑去玩了。”

“这种事已发生好几次了,你为什么不指责他?”她再次感到夫君有毛病,觉得帮夫君管好自己的厂,义不容辞。碰巧,小李这会儿走进来,夫君的眼睛似乎有火花闪闪,但立刻熄灭,沉默无语。小李呢,偷看有欧裔血统的老板娘,觉得她似戴安娜那么漂亮,秀美笔直的鼻子展示出一种坚强式,却少了东方女郎的温柔。继而,听她叫声小李,你为什么不锁门到处乱跑?女人语言能力强,一激动就关不住表达的闸门,语气咄咄逼人:“我把十几万元的原材料交你管,如果丢失了,我就……”可小李连瞧她一眼也不,就从她的视野中消失了。

夫君才发觉,小李是有事来办公室找他的,就自言自语:“他受不了,生气了。”女人面前的夫君个头适中,外表英俊,和她堪称郎才女貌。他一时大声咳嗽,咳得女人心惊肉颤,他又重重地捶一下桌面,黑着脸膛叫骂:“婊子养的,跟鬼都合不来!”

“这几年,他做出口的陶瓷树脂工艺品,我是和他肩并肩战斗,历尽企业创业极其艰难过程的。”她不哭但心在怒火中烧:计白为黑。梦里和眼前发生的,有上百次了吧?女人转头时,觉得天地间顿时腾起一片黑暗,就有一种很久前就有过的,非常熟悉的,却令女人局促惶恐的酸臭味蔓延周围,她的头脑进入了一种奇怪的临界状态,非同一般的。即使她怎样竭尽全力地排斥,诸如外面和家里,都一直是他说了算的讨厌的信息,也无法摆脱它们更为强烈、更为尖锐、更为深刻地刺激她大脑皮层的力量。疼痛难敌的须臾间,思维波涛卷入感情的漩涡,构成一股强大的激流。“多少年了啊,女人怎么啦?”她忘情地锁住眉尖,闭合双眼,咬紧牙关,喘着粗气,有一种所有意志力都集中在额头上的感觉,“从今后,我宁可为鬼,也不……”

就在她感觉着生命中最难熬的时光时,没能发现自个儿头上出现什么黑洞,却看见夫君瞳孔猝然抽搐了一下,似乎是受到什么大惊吓大震动。虽然马上恢复如初,但她还是觉得他的脸色一扫阴沉可怕,变得温和可亲了。并且,令人莫名其妙的是,她刚才看见夫君头顶冒出的那团东西,里面的那个漆黑的洞,此刻已变幻成为一个金黄色的晕圈,那是一种朝霞般缓缓流动的无定形的混沌,犹如一个含金量极高的矿床,荡漾着一抹诱人的金光……此后,人们惊讶这位经常“大闹天宫”的女人,已全心尽力地帮丈夫排忧解难,处理了一个个棘手问题。工厂管理因此上去了,生产形势蒸蒸日上。夫妻俩可谓是“红雨随心翻作浪”了。

那天,一位好奇的朋友问“刁蛮公主”:“你为何一下变成了

‘温顺媳妇’？”女人欢叫一声“金黄色晕圈”！用黄鹂般明亮的喉咙唱：“那是那天，我头脑进入一种奇怪的临界状态时，心理活动分毫不差地被他感受到了，感受得好奇妙，好美丽！夫君头顶上的金黄色晕圈……金黄色晕圈似乎在对我说，请你原谅我。我是怕你老是说我懦弱和无能……进而，捧出一颗赤子心，虽无语但表达了惊人的内涵，妲己害纣王是历史上女人的第一桩大冤案。其实只要我调整一下，你就是我强有力的助手呢。”“原来，良心是最好的告发者！”女人“咯咯”地笑出了声，格外幸福地说：“有时无声胜有声哟！事后，他不再随意说我坏男人大事，或咒骂我跟鬼都合不来了。”她激动得浑身痉挛，喜极而泣地反问朋友：“假若有个男人，能如此深切地理解我们女人的心理变化，你还要求什么人间最美好的语言呢？”

他们夫妻间的“思维传输”奇闻，传到智能研究所上官所长那儿。上官所长对人类特异的交流现象早有所研究。经过测试和研究后，他异常兴奋地发现了其中的秘密，对他们说：“你们夫妇间有一种独特的交流能力，不必通过语言、表情、手势等，而是通过心灵封闭结构的传感——心灵感应。”

但事后，这对夫妻告别了头上那叫对方心惊胆战的什么黑魅魅的洞，也没再出现什么金黄色的晕圈了，那是他们都在用心地进行语言交流。

而现在他们交流，只要一个表情，一个眼神，一丝微笑，就够了。

我不做套中人

我在高墙内得到一个狱友的同情。

教授做“黑客”盗别人的机密被逮住，是拥有电脑、书籍和一些特权的人。这天放风，他试探我，嘿，现在的年轻人都想有个好爸爸，你却不想了？狱友哄堂大笑。我感觉胸腔即使灌满熔化的铅，也没这般痛苦。

教授说，人有过错是暂时的遗憾，错过良机却是永远的遗憾。我听了很受用，点点头。我也信他的，人人心中都有个“科学怪人”的论断，因此他真的要帮我。我和教授住一室了。这夜，我梦见刚入狱时，有人漱喉咙，有人吹口哨，有人龇牙咧嘴，我的眼珠如生锈的锁芯不转了。随后几个人发狠的话，叫我发丝根根竖起，额头冰凉，被恐惧死死地摄住，不禁哭得天旋地转。

教授摇醒我说，孩子，有种细菌进入人体内，就能去掉痛苦和忧伤，还使人更聪明。我说我接受试验吧。几天后，他让我坐椅子上，往我手臂上打针，一会儿，我昏昏睡去，但醒来就感觉浴火重生了。翌日放风，我说得天花乱坠，我的心情发生不可理喻的变化，思维变得很神奇，头件事就是不想我那讨厌的爸爸了！狱友们哼哼，全不信。而我呢，已经渐渐地告别我糟糕的过去。

也是我有幸和教授天天在一起，就成了无话不说的好朋友。

我对教授说，那天，我开着宝马进学院，刚喝了XO，心高气傲的，向我女友那个系开过去，把两个女生给轧了还径直把车开走。你轧死人了。有人喊。我连眉头都没皱一下，说，我爸是公安局局长吴铁！有人就把我的事捅上网，许多人叫我——我爸爸是吴铁。教授钢钻般的眼睛钻入我的心：此处省略六个字，你就成了无名人。我也见到我的脸撒满苍蝇屎般，噢，我不过是个有官爸爸做后台的套中人而已！我如跑步抽筋的人，小腿被鞭抽般疼得满地滚。

我呜咽后悲伤地笑着，对教授说，不管我爸如何大显神通也不管校长如何出面替我圆场，许多人都知道我这恣意妄为的套中人，媒体更有力了。很快，检察院提出公诉，我被捕，重判了。有时，我惶恐无措地应对教授的问询，会突然全身战栗，从里到外翻了个遍。这都要怪我爸爸，从小把我当小贵族养着。痛心啊，早知会有今日，我就不做这愚蠢的官爸爸的儿子了！你被宠坏了，教授皮笑肉不笑，许多人错把物资丰富当成贵族的标志。你爸有钱有势，只不过是权力寻租出租罢了。我最恨这些贪官！我忽然明白，人生最大的危险就是不劳而获，巧取豪夺。教授听了我的呻吟，摸摸我的脸说，记住，你别让你爸埋没了你的聪明才智。

我要证明我——是——我！

我从此有了远大的抱负。我读计算机软件应用的，教授说，你有功底。他教我特殊编码，我掌握得很到位。我的目光投入另一维度的空间。我们如莽撞的入侵者，撞进网络里一个个神秘龌龊的王国。原来我还以为，要不是教授那一针，我就不会是这样子,而后来,我自觉心里装着天下人。我聪明的脑袋只为教授的事业运转,他只嘘一声,我就领会了。一天,教授揪住我的耳朵说,项目突破了。我痛定思痛,感激教授为我打开一个神秘的抽屉,让我踮脚看世界。

教授说,多学习吧,也天天传授我其他本领。我似沉睡的旅客到了站,才发现我是一座富矿啊!

寂静的世界,一湾清澈明净的溪水,突然翻卷浪花,向东流去。

我做了件惊天动地的大事——安州“维基解密”。我和教授发现我爸是其中的大恶。那天,骤雨闪电,我打电话给我爸,就如鬼子踩住了地雷:我来摸你的老虎屁股了。还顽强地笑着说,爸,做官更要紧是你在百姓心中的美好形象,而不是你掌了权很硬气。他是没料到父子会反目成仇吧,我仿佛穿越时空,看见他上唇那抹褐白掺杂的胡须乱抖,双眼似翻了肚的死鱼,同时听见他发狂般嚷,我没生养过你这个不孝子!

我和教授有重大贡献被政府特赦,这天,都出狱了,教授介绍我去一家跨国大公司做高级程序员。我宛如孙悟空出了炼丹炉一身的钢筋铁骨,找个好工作绰绰有余啦。没几天,我妈找到我,惊叫逆子!风趣横生说,什么无期?你玉树临风,风流倜傥,可以娶十个老婆。她说我爸出逃,她去工作了。

至此,我明白我的迅速成长跟打那一针没关系了。我夜夜温习五年多留下的印记,喷射五彩缤纷的色彩也异香呛鼻,我爸以前为我所做的一切的一切,比这相差十万八千里呢。

善莫大焉

有人开我玩笑:“你经常见义勇为,是在还你前世欠人的孽债吧。”

我也是相信人世有轮回的说法,这天,抢到一张穿越前世的入场券,眨眼,来到清代咸丰年间泉城的一座监狱,看见为人正直的忠臣狱官颜贤。

以前我偶尔读史,读到颜贤在看管犯人时,对那些大奸大恶或民愤极大的,总是铁面无私,严惩不贷;对于知错能改的,却温情脉脉,施以仁慈的史实。我深知颜贤恤民如子了。这天是除夕,掌灯时分,辞岁的鞭炮声阵阵,家家户户杯盏频举,笑声如群雀闹林般欢快。颜贤把偶然犯错并痛改前非的八个犯人,逐个叫出,再审后,说:“今天本官特赦,放你们回家过年。你们要在鸡鸣前赶回。”传统佳节么,这几个人回家和家人高高兴兴地过年,不觉都超过时限。这下糟了,有人告密。颜贤连同八个犯人,都遭到严厉审讯和严刑拷打,被活活折磨死了,尸体还挂在狱门口,示众三日呢。

我手中的入场券到时,就返回了。我现身一个宫殿。那是几十年后,那八个犯人的后代,尽管不明颜贤为什么会对八个犯人那么仁慈,可感恩颜贤恤民如子,就在这原来的监狱地址建了这座“镇抚司”,塑了九尊佛像加以奉祀。我不禁膝盖发软,跪拜这恤民如子的好官,就是中间这座令人尤其敬重的颜贤塑像。我在“镇抚司”里走动,迎面吹来温柔的风胜过亲密的吻。

我在火车站工作。在去年那次大事故中有出色的表现,被评为“中国好人”,年底又被市里评为精神文明建设“十大新闻人物”和“见义勇为的先进人物”。这天,我站在颁奖台上,胸口斜佩红条幅。尽管我还没长出浓密的胡须,但并不等于说我没有阳刚之气嘛。记者问:“现在有犯罪前科的,即使见义勇为了也得不到承认,更别说表彰了。我的同学因盗窃被教养。出来后,在冰河中救小孩牺牲了,却没人肯定他的英雄行为,家属更得不到抚恤金,瞎眼的寡母后景凄凉。”

同样是见义勇为,境遇却如此天差地别!

那是怎么回事?我心有疑虑,也憋红了脸,思绪飞仙。前年的一个深夜,有人敲邻居食杂店的门,邻居应声打烊了,那人却拿刀砍门,大声嚷,拿钱来。邻居喊“救命”,我急赤白脸,浑身热血沸腾。况且,失晨之鸡,思补更鸣吧。我喊救人,不管这出去是往刀尖上翻筋斗,便拎根木棍开了门。那坏蛋极恶穷凶,一下砍我3刀,最长的有20厘米,最深处达2厘米。我全身还有多处软组织受伤,就诊时,流血过多,一度出现休克,差点丧了小命。当时,社区李姐为表彰我的事迹,也想发扬见义勇为的行为,便向区里递报告,为我申请“见义勇为”的称号,但迟迟没批复。风筝在阴天搁浅,我的心在等待中灰凉。李姐去询问情况,副区长说:“集体讨论了。不是不批,而是他有案底。”李姐找到市里。市领导算是否认我有案底不予评选的说法，却说在评选中还有更突出的典型……类似的遭遇我碰过很多次。我对记者说时，油然想到穿越的那天，碰到古代的狱官颜贤的事，便愤恨自己生不逢时，仍哭泣自己没碰上那种恤民如子的好官，我“哈哈”地仰天狂笑。

记者问：“你有案底？”

“……同案的……未归案。”在大庭广众面前，我躲闪话题。

“你为什么犯事？”“可你多次被拒绝表彰，还……”

我厌烦记者哪壶不开提哪壶：“哎，早先就有人劝我，说有种爱挂着泪珠很凄美，叫放弃。”

“那你不放弃？”记者戏谑着追问。

我窘迫之际，感觉我的前生和今世的思维一下连接，我和那位为人正直的忠臣狱官融为一体，答得尤其流利：“人过而能改，善莫大焉。”

我不觉转过身，将记者一军：“以前见义勇为的，不管有前科没前科的，为什么都不被重视不被大张旗鼓表彰呢？”

这下我把记者问住了。一会儿，他幽幽地说：“我也不太懂，不过据我了解，以前某镇的所有干部，除了书记是派来的，其余都是……”

哼！我们见义勇为时，都遇见了这种官？

我轻蔑一笑，哪敢指望他们能恤民如子呢。不过，依旧愤愤不平，我无知时犯的错，不要让我一辈子背黑锅嘛。而且，我十几年来见义勇为无数次，做出相当大的牺牲，善莫大焉，难道不应当得到社会同等的尊重？那是我心有余虑，我小时在外打工，帮盗窃的开一回车，坐过牢。

阳光普照，晴朗的天空大海般蔚蓝。这次大事故，我冲进出事地点，出生入死，来回多次救出十几个伤员，已获几次表彰还得到优厚的奖金，早该治好我的心病啦！

这次，市里见义勇为基金会牵头，中华见义勇为基金会和各级组织配套出资，给15年前，还是中学生的勇斗劫匪负伤致残的邓诗意修葺住房呢。某集团公司的见义勇为志愿服务队，也和勇士的家庭结对帮扶。我终于看到见义勇为者光辉灿烂的前程。

天空繁星闪烁。见义勇为，不，见义智为，我们始终在路上！

冰　冻　人

以前，哪个国家都没有给人办身份证。

这人瘦骨嶙峋，风度翩翩，戴着金边大眼镜，事业处于巅峰。鬼才知道他受什么蛊惑，突然以宝贵的生命做赌注，毅然走进魔鬼教授的“超级冷冻室”。

不做最大的，只做最有的！这天，满脑子充塞着超级富翁“生生发”美梦的人，飘飘欲仙，听见魔鬼教授喊声开始，就目睹冰冻室六面铜墙铁壁白雾袅绕，云层般愈积愈厚。一会儿，空间缩小了，他置身于个小容器里，全身沾濡白霜。这时，他又听魔鬼教授断喝，进入全封闭状态，清晰地耳闻自己头部的血液在耳膜上涌动和心脏猛烈跳动的声音，很重很重；脑里的"嗡嗡"声渐渐变成低沉的呜咽，有些凝滞。他来生肆意挥霍的念头，便陪同他逐渐僵硬的躯体，一起进入冰冻状态。

天上一天，地上一年。几十年后，魔鬼教授的儿子遵照父嘱履约解冻他。那刻，从酣梦醒来的人揉着睡眼，伸直懒腰，用极尽贪婪的目光打量四周，按捺不住满怀喜悦地说，我转世了！魔鬼教授的儿子对他实施整容。他快速适应环境，急迫地走出"超级冷冻室"，跋山涉水，来到世界最高峰的喜马拉雅山下，找到个神秘的山洞，挖掘出他藏匿的大量钻石、金银、财宝。只是在路上，他还没发觉自己笑得太早。

一旦拥有，梦想全有。他首次攻关，就是变点现钞购置一座豪华别墅，买了一辆奔驰，也娶了老婆。但万万没想到的是，一开始就遇到棘手的问题。那次，他去买房和办理房产登记，都要求他出示身份证，他却冷汗涔涔，手忙脚乱，把袋子翻了个遍，也没摸出半张身份证明。他病急乱投医，从黑道上买一张"身份证"，可去交警大队办理驾驶证时，电脑系统一眼识破他，他当场被拘留送往派出所。好在他吸取教训防一手，好朋友按照他的吩咐花了很多钱，他就被保释了。

有钱能使鬼推磨。

他以钱开道，什么房产证、行驶证、驾驶证都统统办出来。让我捐建一座福利院吧。捐赠 100 万元的仪式完成后，他成了市里的新闻人物。我又赢了。但一波又起，那日，在民政局里，局长请他送张身份证复印件做保存资料。哎呀，我的身份证是那个的。

这不是要我的命吗？他禁不住地打个喷嚏，手往脸上一摸，手到之处，没留下一丝笑影（当年，我苦于被抓，疲于奔命，逃进“超级冷冻室”。虽逃过了法律追究年限，但隐姓埋名就没了身份证明）。局长目睹他额头沁汗，嘴吐白沫，以为他要发癫痫，赶紧把话题转了。

他左冲右突，难以突围，心存疑团，这夜怪梦连连，惊鸿一瞥，糟糕，周边的人似乎经受什么变革和特殊的熏陶，个个明察秋毫，人人疾恶如仇。因为在日常生活中，购买手机、去银行开户等等都是家常便饭嘛，但样样都要出示身份证，他陷入无边的沼泽。他没招对付，绝顶聪明的人终于从美梦里落荒而逃，抛妻离子，携带巨款，慌慌张张地去机场。但在机场买机票被识破假身份证，令他如被棒槌一杵，用力敲破脑袋，突然醒悟，在天罗地网里，我是画虎不成反类犬喽！

他没身份证，这对他形成强大的压力把他挤回冰冻前的时空。豪华大别墅外，天气剧变，电闪雷击。唉，他叹息，我当年能预测到要有身份证这码事，就好啦。他深夜惊醒，事过境迁，才使今日难以蒙混过关。他冲进密集的雨幕，灵与肉进行一场拔河比赛，终于醒悟。这天，他似个无家可归的孩子找到家，跑进公安局，承认是当年通缉的特大贪污盗窃犯——某大银行副行长。他原形毕露，感觉却如附身恶魔刚一别似的。

他抛弃假身份证时，能忽然张开双臂如一只鸟儿展翅，叫道，你们给我个悬崖，我未必能飞不起来。

黑地鼠

没有比大经理的奇遇更奇的了。

午休时，忽然听见“隆隆隆”的阵阵怪响，尖嘴猴腮的人闭眼缩脖，眼裂条缝时，发觉竟然来到一个奇诡的世界。壮美的峡谷，绿草如茵，青松葱翠，百灵婉转，一只警惕的小鹿明眸闪闪。谷旁千丈峭崖、怪石嶙峋，如只只张牙舞爪的怪兽张开一个个血盆大口。他置身的黑地洞独具特色，突兀阴森，神秘莫测，成群结队的黑地鼠惊慌失措地跑来窜去，挺烦人。

“这是什么鬼地方?”身旁的女人惊恐地问。他记得上午的情景，大门外，几个被蒙着眼的孩子，在做极其古老的游戏。“我们都是木头人，不会说话不会动。一不许笑、二不许动、三不许交头接耳。”孩子们一齐念着童谣。公司里，他边发红包边说：“我考核管理人员的首要素质是会保密。这如小孩经受吃糖果的考验，意志坚定者……”说完，他“嘿嘿”地笑了，手下人不苟言笑地领回奖金，连个眼神也没敢交流一下，就走回每人一间的办公室。只有他和年轻的女秘书同一办公室办公。由于天性惧光，他在窗子上，都挂了里一层外一层黑得墨黑的丝绒布，里面伸手不见五指，宛如脚下这个黑地洞。他还记得，他在那黑暗中做过许许多多秘密的事情。

"哎哟!"提箱企图逃离峡谷的女秘书摔一跤,百元大钞撒了一地。她"嘤嘤"地哭泣,她似在一面风月宝鉴前般,巴黎时装没了,肉相继化成血水,最后只剩一堆白骷髅,丑陋极了。"鬼谷!"大经理经历罕见的大地震后,又目睹惊心动魄的一幕,被欲望掏空的身子顿时冰冷冰冷,牙根一紧,昏死过去。

他活转过来后,感觉饥肠辘辘。"我的妈呀,吃什么?"但对于高智商的人来说,天无绝人之路。虽是数九隆冬,洞旁却有一棵树结满丰硕果实。果实个头和猕猴桃相当,绒毛中的果实透出幽幽的亮光,有的正迸发出诱人的香味果实形状也奇特,中间滚圆滚圆又两头尖尖,叫人乍看以为是洞中黑地鼠爬到枝头上去了。哪顾得腻烦这特征的小东西!哪来的魔力把他牵引,他肆无忌惮地冲过去,撷取大自然丰厚的赐予狼吞虎咽,没完没了地吃。直至他撑大了肚皮,似喝醉了酒样,胸腔已成了一个拉开的风箱,"呼噜呼噜"地响了。

他睡了三天三夜醒来时,突然感觉身子变小了,身上长满黑茸茸的毛。一摸屁股,竟还长出一根长长的尾巴!只是本来尖尖的嘴没多大变化。怪哟,想立起已不能,变成一只状如乌桃的黑地鼠,跟洞里跑窜的东西一模一样了。

更可悲的是,他形体变了,脑子却摈弃不了太多的欲望和无边的需求。尽管环境今非昔比,但想起他本来在黑暗中挖掘的几条"地下通道",给他带来大把大把的钞票;想起被他果断铲除的泄密者,依稀看见多嘴多舌的人差点沦为乞丐的事,有高超技能者手舞之足蹈之,哈哈狂笑,得意忘形。只是那天太阳照进洞,他望见整箱整箱的钞票被同类搞得一塌糊涂时，才一把眼泪一把鼻涕地哭得死去活来，终于觉得，以前爱钱的嗜好都失去意义。

“我为什么要那么多钱？”

“我为什么一再要求大家都为我保密？”

过去所有的秘密行径，如影子部队一支支开过来，前后左右围追堵截他，他的身体似在炼狱中煎熬，在应哭之时反而狂笑不已：“秘密？只不过是我的弥天大谎罢了！哈哈。”来自地狱的恶毒诅咒又啃噬着他的心：喜欢在黑暗中干着偷窃大家劳动果实的，才会沦为一只地道的黑地鼠！然而，诸多的反省，都显然太迟啦！

后来，无论昼夜，峡谷里都铺天盖地地飞着猫头鹰，黑地鼠连晒太阳的权利也被剥夺殆尽。

但与生俱来的那种神奇魔力，使他萌生另一种欲望：“我不仅需要食物，而且更需要阳光！”因此，黑暗日久就如块重石压迫他，使他的脖颈生疼，以至头脑发昏。那天，他不顾一切跑出黑地洞，瞬时，无数的猫头鹰俯冲下来，周围地动又山摇……

啄木鸟

厂区那棵大树，栖息了一只尤其漂亮的啄木鸟，所有职工的眼睛都随着它转。

如今，厂里和台商合资半途夭折，资产大量流失，工人因此人心惶惶。那天，当地检察官拆封署名“啄木鸟”的信，举报有些职工在原料甘蔗进厂时，用以少报多和虚开结算单等手段，冒领和侵吞大量公款。检察官顺藤摸瓜，查出全厂居然有四分之一的职工参与！他询问厂长：“损失这么大，你会不知道？”可厂长说，家贼难防得很呢。

因此，厂里召开全体职工大会，厂长限令有关人员在五天内投案自首。会后，厂长回宿舍区，迎面碰上过磅组组长，讥讽地说：“你狗吃豹子胆，你伸手必被捉！”

组长看样子挺不服气的：“超级老鼠把一个好好的厂几乎挖完吃空了，却仍吃喝嫖赌比赛似的，你说我们工人的心能平衡吗？”

厂长不屑一顾：“那是上面的事。你别无事找事……”

“哼！还敢说无事？我们是小巫见大巫呢。”组长臭着一张脸，激动地嚷，“是谁和外商合伙搞了那么多废铜烂铁充当先进设备？又是谁在盖宿舍楼时表面把建筑商回扣交厂里、暗里却拿更多？你以为……”

“有证据你去告嘛。”厂长的脸转一旁，神气十足，骄横跋扈地说，“但你别忘了，人家敢做的就会做得天衣无缝！”

“天啊，怎么会这样？”这种话平时就听多了，组长握拳透爪后，心结成一块大冰坨，不由得笑了，“是的。当官就有钱！而如今又官官相护着呢。”

“哈……我以为你不懂。”厂长又哼声训斥他，“丑小鸭飞不上天的，你老实点，否则法律……”

大树上的那只啄木鸟，正在弹奏一曲妙曼的乐章，调儿抑或只有它自个儿才知道。

自从召开职工大会后，厂里的职工的脑子里就会浮现这张瘦脸，鼻梁如刀笔直，嘴有点尖，穿的衣服是黑灰掺杂叫不出颜色的中年男人，如犯精神病般夜深人静就出门，在这棵大树下幽魂般游荡。

有人说，一句“心不安”说起来轻如弹指，经受一下却折魂蚀魄。这恰好是这人翻肠倒肚的激烈的思想斗争的写照。在明亮的月光下，大树上那只黑色的啄木鸟，身上被湖蓝色的斑点点缀着，正双爪紧紧抓住褐色的树干，用深灰色的尖喙“笃笃”地啄着害虫，已挖出个圆圆的洞。那头顶一簇红翎一闪一闪的，却好像无时无刻地啄着这人的心脏，啄得这颗心疼痛难忍，红血淋淋……

在期限五天内的最后一天，违法犯罪的职工排队去投案。突然有个人道出一句深恶痛绝的话：“家贼难防的症结在我身上！”顷间，几千双眼睛齐刷刷射向同一个方向：是厂长！他要求检察院从宽发落犯错误的职工，也带上巨额赃款去投案。

那晚在拘留所里，厂长梦见啄木鸟身子一晃，变成中央纪委的人，那人说：“‘啄木鸟计划’是上级的英明决策。这只能啄掉人良心上污垢的益鸟是高智能微型机器人，能和渎职腐败的贪官们的心产生特别的感应。”他突然惊醒：“那几天我就觉得怪怪的，啄木鸟‘笃笃’的啄虫声，似乎声声准确无误地敲打在我的心上，令我无可逃遁。”

几天后，职工请求从宽处理知错能改的干部。中央纪委特赦了清退巨额赃款的厂长，还表扬他纠错的勇气和魄力。当地检察院撤销公诉。

自此，厂里连一粒糖一节蔗都没丢失过，厂风日渐好起来。只是，人们在茶前饭后常提起那只尤其漂亮的啄木鸟，赞扬这只专门消灭害虫、保护森林的益鸟。过磅组组长眼球一转，说了几句很有见地的话，大家的眼睛唰地亮了。

那天清早，厂长在厂后湖岸的山坡上散步，呼吸雨后的新鲜空气，胸腔里气清如香兰呢。身边浓浓的晨雾变成蝉羽般透明，令他深深陶醉，他流着泪说：“厂是我亲手创建和领导的。为保护这棵常青树枝繁叶茂，我也要做一只啄木鸟！”

此情绵绵无绝期

那是上次，世界金融风暴时发生的一件事。

晋安纸业集团公司的董事长，是从台湾来的。那天在晋安公司门口，他的宝马撞上我的小奥拓，不但不道歉，下了车还狠狠推我一把，把我推倒在他的车前。

尽管我只是个废纸收购站的小老板，可世界金融危机的风暴，已使人无奈，再受到这种蛮横的欺辱，我气得直跺脚。刚巧，被泉城晚报的一位年轻记者碰上了，他走过来说："宝马车撞了小奥拓，还拳打脚踢的，你上法院告他。"

除夕夜，晴朗的天空无边无际，皎白的月轮柔柔地滚动着。在洋塘乡间，我家厅堂的八仙桌摆满供品，香火缭绕。一阵紧一阵的鞭炮声响过，我伏在圆桌旁铺开纸，此时已近零点。我拿起笔，坐在椅子上，托着腮帮，开始写对阶级敌人决不能心慈手软，又把我的车被撞人被推被踢的过程全写上，以便法庭主持公正，给蛮不讲理的宝马车的主人予以严肃处理，解我心头之恨。陡然间，一阵穿堂风吹入，一位身穿洗得发白的黄军装的老汉，飘飘欲仙而来，我心惊怵："这分明是厅上挂着的我爷爷的形象嘛！"爷爷的脑袋有点大，但感觉智慧和头颅完全匹配。我疑虑，老人家回来干吗？就听见爷爷声情并茂，孙儿，开宝马的董事长，是60

多年前那位救命恩人的孙子,你别恩将仇报呵!

爷爷提起那年的除夕夜:"我家住的破屋倒塌,十几口人无处栖身。天寒地冻又饥又寒,一行人流浪到洋塘地主家大门口。好在这地主大发慈悲,容留我们住下,以后,又把三间小石屋租给我们,租金为每月一块银圆。这一收留就是两年。"

我知道爷爷读过私塾,知书达礼,由于长期交不起房租很愧疚。"滴水之恩,应当涌泉相报哇。"爷爷嗫嚅着说,"当时我立誓,有朝一日,一定要付清这 24 块银圆的房租。"我说打我懂事起,我爸就经常上这一课。爷爷絮叨:"后来土改工作组把三间小石屋分给我家,欠房租的事就没人敢提了。"爷爷拍拍身上的黄军装,低着头,"那时,我当了贫协主任,穿上没徽章的军装。在土改工作组领导下,村里人斗地主分田地。可谓是秋天的黄叶无歌可唱,这地主家的房子、土地、财物大部分都分给穷人,日子过得一天不如一天……哇哈!"爷爷突然一阵狂笑,笑得我心惊胆战,"不久,我听说老地主一家'下海投敌'了。这敢情是吃了豹子胆喽! 村里的人,都倒吸了一大口冷气。"爷爷说时也神经兮兮。

"日月白马般飞过,"爷爷话说回来,"我们改革开放,海峡两岸有了往来,老地主的孙子回大陆投资纸业了。"

爷爷和我翻阅祖传的"老皇历"并温习他的口头禅:"人可以没健康可以没钱财可以没面子,但你决不可以没诚信。"爷爷额前仿佛挂着一轮圆月亮。我把家人念念不忘的话掏出来:"爷爷您放心,我家一定要还这地主家 24 块银圆的房租。前日略有所闻，宝马车主人就是那位爷爷的孙儿……却只是死要面子活受罪，要跟他‘争口气’，便没当回事……”我只得向爷爷做检讨。爷爷瞪一眼年近半百的我，没再说什么，就走了。

爷爷的诚信，如慷慨的朝阳把万丈金光撒满大地。诚信是人问心无愧时，心灵间的轻轻抚摩哇！我的心胸一下开朗，人而无信，不知其可。我要让爷爷的口头禅化为我们儿孙的行动。世界金融危机的爆发，让股票上市的这位董事长，有时心太着急了吧。我立即撕破状纸，也奇怪了，心里的一腔绵绵之恨，已烟消雾散，不觉倒吸一口气，这次，两车相撞是三生有幸的机缘，恩人孙辈终于不期而至了。

我站在我家大门口，面朝大海，眺望浩瀚的夜空，遥想起魂栖海岛的那位慈祥老爷爷生前的音容笑貌，感念没随时光飞逝而淡去的那份情思，一份温馨溢满我的心胸。我想起一件事，连忙再点上一炷香，呼唤爷爷，你让魂灵飞向对岸去，敬请那位爷爷魂归故里，一起叙旧话情长！

突然，我冲出门发动小奥拓，连夜风驰电掣般开往晋安纸业集团公司。上午，我进了董事长办公室，对这位年纪和我相仿、焦灼不安的董事长掏出满腔的心里话：“朋友啊，我们做事业就像爬高山，即使跌落 100 次，还要 101 次往上冲！”我更没忘记那件最要紧的事儿，我说，我是来还我爷爷欠你家的 24 块银圆房租的，就掏出 2 万元，放在他桌上。

“恩人的后代，见外了。我们一家人，都感谢你爷爷的救命之恩呢。”董事长抓过钱塞进我口袋，紧紧握住我的双手，脸上溢满笑意。

“大恩不言谢!”董事长深深地作揖,鼻腔带双重音,“我也一直在找你们哇。”

我和董事长成了无话不说的好朋友,胜似自家人。

碧海蓝天圆月亮。那天我们一起饮酒,董事长吟起诗。

一唱雄鸡天下白

“你这老头儿如何还呢?那是100多万。”

镇上的农村信用社的女信贷员,望着眼前这对老夫妇,惊疑地发问。

“父债子还天经地义,可我要子债父还……”大爷在心中掂了掂量,心绪却被拉回到遥远的童年时代:他和哥哥姐姐住在破草房里,吃的猪狗不如,穿得衣不遮体的悲惨遭遇,似鼓槌落到鼓面上,使他的心“咚”地一响。

信贷员眼中的大爷背驼了,不过依稀看得出,大爷以前是顶天立地的男子汉。耳边掠过一阵风,这耿直的怪老头,年轻时是条响当当的硬汉呢。突然,凌空响起个闷雷:去年,大爷四个儿子筹集110万元,购买一艘二手钢质渔船。几个月前,他们出海打鱼。但由于他们驾船技术不过硬又遇到超强台风,船沉没了,人也都喂了鱼。

事后，大债权人信用社，还有其他债权人上门讨债。眼前，孤灯瞎火，冷冷清清的，大爷望着债主出示的一张张欠条，强忍着一下失去四个儿子的万分悲痛，心情犹如过山车折腾一阵后抛出铿锵的话："做人讲信用！是我儿子的……都认。"

这天，大爷请人帮忙拿30万元来信用社，嘴里含橄榄般咬字不太清楚，意思是说，儿子们获赔的人身保险及钢船财险24万，雇人打捞的渔船变卖30万，离应还债务80万尚差20多万元。"我……琢磨着，先还你们的。"大爷挺认真。

信贷员又哭又笑叫声大爷，接过巨款，请大爷坐下。大爷平静地说："我知道欠债要还……"信用社的主任握着大爷颤抖的手说："大爷，我向您鞠躬了。"

不久，大爷又安排剩下的24万元的去向，先还数额较大的两人的钱，其他小数额欠款，打算日后慢慢还。他摊开双手向其他债主坦诚相告："要指望我拿20多万还，有些……"几个债主也不信子债能父还，脸上蒙灰，"自认倒霉吧。自古以来，父债子还是天理良心，但子债父还不可能。何况我们面前，是位80多岁的老汉呢。"

乌云如钢铁般坚实的一大团，黑黝黝的，压得人喘不过气来。但债主们哪会想到，大爷大娘养了大群鸡鸭，也天天上农贸市场捡纸皮、酒瓶、易拉罐去卖钱；老夫妻还起早摸黑，替乡亲织渔网、补渔网、打短工，拼命地攒钱。要说老夫妻确实没有其他经济来源，但5年来节衣缩食，省吃俭用的，都凑成10元、50元、100元的整数，并积蓄到一定的数额，就上债主家去。

除夕夜，细雨霏霏，寒意逼人。颤巍巍的大爷拿1000元来找小花。小花请大爷坐下端上杯热水，说："乡里乡亲的，你儿子欠得少，就不必还了。"

大爷似乎受到了侮辱，忽然脸色发青，气喘吁吁，坐了半天才摆摆手说："小妹啊，自古欠债要还，卖掉老骨头，我也要……"

这事感动了许多乡亲。村里的年轻人，把大爷替儿子偿还巨债的事发到网上。"诚信老爹"是网民对大爷的称颂。人们被老汉的诚信深深感动了，纷纷伸出援手；当地政府也汇集一些企业家的捐款，帮助大爷还清欠款。这天，大爷的老脸笑成一朵大菊花，才透露四个媳妇和孩子的情况。大爷说，当时发疯和病倒的两个媳妇，都在医院治疗；跑回娘家的两个媳妇，已带儿女，相继回来了。

滴水穿石啊，你让不可能变成了可能！乡亲们竖起大拇指，赞美大爷是这大家庭的顶梁柱。

记者千里迢迢赶到小镇采访，已夜半时分，大爷说："我惭愧。那年逃到村里，是不愿替父亲还债。可我的儿，都是敢拼搏的……"

原来，每家都有个看不见的黑锅啊！大家的眼睛睁得圆圆的——

霎时，刮来一阵阴风，一个人不像人鬼不像鬼的老汉从哪儿冒出来，指着大爷责骂："当年，你这不孝子不替我还债，还抛下我老头子，我才会被债主打死。"

可在场的乡亲，眼光扫人如机关枪一样"哒哒哒"，无情扫射这位当时背大笔赌债要儿子替他还的大赌鬼。鸡叫了,大赌鬼浑身发抖,一晃就没了。

外孙之吻

吴总女儿找个对象,是附近芙蓉村村主任的儿子,当地出色的八斗之才,村美术工艺厂的厂长。龙凤联姻,吉星高照,化工总公司的人都以羡慕的眼神跟随他俩从恋爱到结婚。只是大家都猜不出,吴总死活不肯让女儿嫁到芙蓉村的谜底。

大年初二女儿回娘家,小外孙头遭来家做客。身板硬朗还戴着一副深度近视眼镜的吴总,按照每年惯例去给退休工人拜完年回别墅,听到老伴说声小外孙来了,就笑吟吟地亮开洪钟般的喉咙唤声女儿乳名,张开宽阔的怀抱进厅抱小外孙。

孱弱多病的小外孙颤悠悠地颠跑出来,那和身体比例极不匀称的头颅,俨然闻声而起的眼镜蛇之首,最先探出门洞。吴总心中兀自一惊,似乎有什么东西触到疼处,他的心脏急剧地疼痛起来,疼痛得步履蹒跚了。不过没多大问题的,他还能蹲下大块头的躯体,把小外孙让进臂弯里。女儿女婿迎上来亲切地唤声“爸爸”,而后吩咐孩子:“小萝卜头,亲外公一下。”吴总抱紧小外孙这心肝宝贝,笑呵呵把脸凑上前,小外孙就用舌头舔了舔他的一边脸颊。

小客人在家一天,吴总跟他玩了一天。以前女儿谈恋爱时,是女儿在前面跑女婿在后面追,这天便是小外孙在前面跑,外公在后面追了。一家人共享天伦之乐,其乐融融。

但晚上吴总刚送走小客人,不知是神经过敏还是什么地方出了毛病,对老伴说:“我被外孙亲吻过的脸颊,感觉痒痒的。”

一会儿,他又说脸颊有点灼热让老伴瞧瞧,老伴说那里有点儿红但没什么,别大惊小怪。

吴总却感觉通体难受,预感要出事。果然在半夜里,他那边的脸颊红肿了,霎时冒出个大毒疔,他感觉火辣辣地疼。

家人急急忙忙带他上医院,走了几家都没有遇到高明的医生,用药后见不着好转。吴总痛苦的感觉就如在过鬼门关,捶胸顿足大叫道:“老伴儿,没能及时医治,我就会死!”接下来有气无力地说,“刚才,梦中悠悠忽忽时,有个高人指点,我这小东西要在二十四小时内消肿,否则会危及性命。”说完,他黯然神伤,掩脸而泣。

“我是被小外孙一口咬死的!”吴总一息尚存把女儿呼唤近前,说了上面这句令人摸不着边际的话,带着沉重的叹息,片刻断了气。

女儿痛哭,但连忙声明:“我儿子没咬死他外公!”家人忍着悲痛送吴总尸首去解剖。几天后鉴定结果出来,汞中毒。

“汞中毒?”女儿听见结论如获至宝,“这是爸经常接触有毒的物品才会中毒而死,和我儿子亲吻他一口无关。”

小夫妻头脑一阵天旋地转之后,带儿子去医院检查,似乎应了爸爸临终说的那话。医生还料事如神呢，只看他们几眼又说：“你们体内同样有毒。”女儿红肿的泪眼瞪着医生，刨根问底：“我们体内都有毒，为何不会死？”“那是因为你们是慢慢中毒的。”医生说时，女儿脑海中游弋着无数条毒蛇，她认定其中一条就是自己。

“你爸平时极少接触有毒物质，也不是岁数大点一挨上有毒物质就受不了的。其实，他有点神经质才加速死亡的。”医生十分冷静，条分缕析。

“那么，我们为什么都会汞中毒呢？”这关乎大家性命的大事么，大家的心怦怦地跳得急，所有眼睛都看着医生。

“查查水源吧。”医生建议。因而村里的水源都抽样去质验。又一个结果出来，村里的水源都含汞元素。

节后，女儿女婿抱着儿子，带全村人上法院状告环保部门失职。市环保局领导分兵多路，重点检查芙蓉村旁的化工总公司的污水处理厂。

检查组来到规模很大的污水处理厂，进去一瞧才发现只有一人上班，生疑：“你一天处理多少污水？”工人答：“十几吨吧。其他的都从那几个排污井排到附近地底了。”他带人去察看。

——附近的几个排污井的污水日排量达几万吨，仍如毒蛇般在近百米以下的地层蜿蜒蠕动，循环灌注着。

女儿听她妈说，吴总生前不想花钱来治污，就让打井队打多口排污井，把污水注入排污井再注入芙蓉村周遭的地底下，造成如此恶果。

这里地下水质深度污染，1000 年也难以恢复的坏消息，如大炸药包爆炸了。化工总公司的工人纷纷涌进医院检查身体，也都发现各自有不同程度的汞中毒，搞得公司上上下下人心惶惶。人们才突然有悟，当年吴总不准女儿嫁到芙蓉村的谜底。

老农大闹阎王殿

老汉人财两空！

老汉是怀着满腔悲愤死去的。他被小鬼拉到阎王殿，没跪就喊：我冤啊。

阎王锁眉往下一瞧，这喊冤叫屈又没规矩的老头，七十多岁了，又黑又瘦，穿得破破烂烂，活像一只老龙虾，顿时有点烦，顺手拿起桌上的指甲钳修剪指甲，漫不经心：冤什么冤？

你要为我做主啊。有人在我承包的山坡底下挖矿，我种的树苗全枯了。老汉捶头顿足，老泪横流。

阎王一口气将指甲碎屑吹落，看手指：矿上没赔你吗？

哇，阎王你明断。老汉连忙说：也是好人指点，我才知道地下都被掏空了。

阎王丢下指甲钳说，你索赔。

老汉涕泪涟涟，是。我去交涉，对方不推托不敷衍，十分爽快答应我，以树苗十倍的价钱赔偿我。

你这该死的老头。阎王一掌击在桌上,矿方赔了,你还叫什么冤?小的们,给我拉出去,鞭打五十,看他胡搅蛮缠!

鞭毕,老汉一瘸一拐地上堂,嘴里还大叫,我冤啊。

阎王没办法,只好差人去阳间,请来市里的土地资源局、矿业管理局局长。

土地资源局局长把有关法律背得滚瓜烂熟。

老汉有点醒悟,心花开放:阎王英明啊,采矿破坏种植条件的,造成土地荒漠化的都有罪,你要责令政府处罚他们,主持公道啊。

矿业局局长却哼一声说:你那荒山本来就植树难活。你签协议不要反悔。矿方已理赔了。

老汉变回阴沉沉的脸,山是我承包的,树苗死了我再琢磨弄点别的种,就是什么都种不成也拿到一点钱,那几年里我就没节外生枝,可采矿的没几年就赚几千万,我那点钱还不到对方赚的零头!他突然遭到雷击般,天旋地转起来,又咋咋呼呼。

对方赚多赚少,跟你没关系。矿业局局长说,你居然带头闹事,极力阻挠矿上开工,造成打架死伤人。

始作俑者原来是你自己呀!阎王送走两位局长,就把怒气全撒在老汉身上,再施杖罚。

老汉的屁股被打得血肉模糊,浑身疼痛,有气无力了,但还是匍匐上堂,大叫,我冤啊!

阎王气得脸更黑了,你如何冤了?说不清楚,叫你下十八层地狱!

老汉垂下脑袋,里头一片空白。突然,看见两位诗仙踏歌而来,一个吟唱:君不见,清风朗月不用一钱买。另一个吟诵:取之无禁,用之不竭,是造物之无尽藏也。

阎王,一切都是上天赐予的,凭什么被采矿的霸占了,我不服。老汉读过私塾懂得诗,顿足大叫。

阎王暴跳如雷,心里却仔细一想,这老头说的有道理呢,敲敲惊堂木,差人叫来国土资源局局长。

国土资源局局长淡淡地说:老汉的事情,闹得路人皆知了。他种的几千棵杉苗,长势很好,但来了开矿的就什么都没了。只是矿上已给了赔偿,也是合理合法的。

老汉最怕满口官话的,急得抓耳挠腮,大叫,阎王你别信他,他们说的比唱的还好听!他们跟有钱人穿一条裤子!!

阎王一手摸摸脸颊,想,这老汉因为蒙在鼓里,签了"一次性理赔协议",拿点钱就没办法再索取什么。又咽不下这口气,只有带头闹事,出了人命还被捕入狱,就此一病不起,终于一命呜呼,真是可悲至极。

国土资源局局长踱着步:开矿的知道那是座宝山,牢牢攫取。老汉没法分享,又不懂得妥善解决,何尝不冤呢。顺手递给老汉一本书。

这官说的话溢满香气。老汉的脑袋似一棵向日葵有意无意地随着局长的身体转起来,似乎还伴着欢乐的节拍在哼歌。正期望良心的鼓点再走近点,却听见阎王吆喝:你这老头,只会闹事,闹得我也不得安宁,我让你投胎为猪。

哦哦哦。国土资源局局长敷衍阎王，一边替老汉求情，人容易从别人那儿走出来，却走不出自己的沙漠。你就让他起死回生吧。

老汉流出浑浊的泪，感恩戴德：还是文化人好啊。呼出几大口气，仍财迷起来，是吗？我只获赔十五万，不是金矿老板赚的零头是什么？

老汉活转过来了，梦里成阔佬，包养了几个妖媚的女子。不过第二天，他一再读局长给的《土地管理法》，还请律师呢。因而几天后，法院开庭了。

老汉和人喝酒，发小强调，我们痛苦是由于没文化。

确实，确实啊。老汉拍手，问，还有呢？

他打赢官司获赔五百万，大部分用于办学，同时做了一件极重要的事情。

八女投江身后事

关师长带领100多个抗联战士东归，昨晚就露宿在柳毛丛林里。

1938年10月，乌斯浑河两岸秋气肃杀。拂晓，白桦林里静悄悄的。冷云政委似头鹿竖起耳朵，听到细微的响动。眺望远处，哇，有无数星星点点在柳毛丛林的周围晃动，她立刻醒悟：鬼子偷袭。

冷云带的女兵隐蔽在另一侧，又居于高处，没被发现。可远处那间小屋是师部啊。冷政委想起送他相思豆时的情景。卧倒。我们引开敌人。冷政委醒悟过来，砰砰砰，冷政委果断地组织女兵，从背后袭击敌人 敌人抽出兵力还击。关师长从梦中惊醒，战士们也发现被包围。关师长趁着敌人兵分两路，带领部队突围，听见冷政委喊：同志们，往外冲啊，抗战到底。

日伪军将八个女战士逼到江边。发现只有几个女兵，日伪军气焰嚣张地喊，乖乖地投降吧。皇军不亏待妇女。这边的大部队安全转移，突围的战士省悟了，关师长说，是冷政委救了我们！几个战士嘀咕，昨晚我们点篝火取暖，被发现了，我们回去救她们。只是敌强我弱，他们多次营救，未能成事。

那边八个女战士打完子弹。日伪军蜂拥而至，以为不费吹灰之力就可以擒住她们。然而秋风萧瑟，开始如细雨凄风的声响，忽然如同波涛咆哮。同志们，面前只有三条路——投降？被活抓？还是投江？冷政委扫视大家。宁死不投降！胡秀芝、杨贵珍、黄桂清、李凤善毫不迟疑地喊，最小的王惠民只有13岁，也誓死不屈。冷政委坚定地说：我们大都是共产党员，是抗联战士，宁死也不做俘虏。被服厂厂长安顺福掷出最后那颗手榴弹，八个女战士趁敌人卧倒时，毁掉仅有的三把枪，挽臂涉入波涛翻滚的河中……

这边被救的大部队东归几天后，关师长从日军军部回来，找第五军军长，又找到第二军的指挥部，让首长去面见日军大佐。

你认贼作父，还有脸见我们。一手培养他的总指挥周保中早接到报告，严厉地斥责他。

周总指挥和部下“呼啦”一声围住他。残阳下，狂风漫天飞舞，周总指挥眼前出现幻觉：冷云、胡秀芝、杨贵珍、郭桂琴、黄桂清、李凤善、王惠民、安顺福这八位女英雄，争先恐后地跑来向他敬礼。周总指挥豪气冲天：乌斯浑河畔牡丹江岸将来应有纪念碑！又唏嘘着对来人说，你想到吗，她们是妇女团和被服厂的。只要不暴露，就有机会脱险的。但为了救你和掩护大部队，她们把敌人引开了。

来人一愣，让时光回流，健壮的身躯散架般，英俊的脸庞变紫，却恬不知耻，八个女战士就是在保护首长和指挥所。还有，她们都对我骁勇善战、屡立战功，仰慕至极！霎时，八个女战士投江的气吞山河和惊天地、泣鬼神的悲壮场面，似最缠人的藤蔓长在他的心间：冷云泪河奔涌，大步走来，美若天仙的脸蛋表情异常复杂——痛苦、悲恸、愤怒、惊惧，什么都有。

我……我对不起你。他晃晃脸，落下鳄鱼泪，心房震颤，踉跄几步，气喘吁吁的。一时，似流水从汪洋大海回源头，鸟儿归巢，他对周总指挥坦白，我对大佐说出密营地址。周总指挥盛怒，你，这是“假投降”？满腔义愤的战士们嘲笑来人：冷政委爱上你这孬种，分明是看错人啦。纷纷朝他吐口水。

来人叭的一声，跌落眼镜。在抗战最艰苦的阶段，务必杜绝投降之风！周总指挥果断决策，立马逮住来人做反面教材，在军中巡回讲课，他说，没想到，这个在敌人监狱里顽强斗争，参加抗日屡立奇功的年轻指挥员,今天变成孬种。战士们同仇敌忾,谴责声声:在东归的最后那场战斗中,他亲眼看见冷云等八个女战士为了大部队安全转移而英勇牺牲,本该报仇雪恨,可他的良心被狗吃了。周总指挥疑虑重重,是贪图安逸还是吓破了胆,让他当了令人不齿的叛徒?面临抗战最严峻的时候,周总指挥尤其痛心:人因信念而立。他这种没坚定信念的人,官职越大危害越深。他便下决心要处置他。没料到他执迷不悟,还说日本人建"大东亚共荣圈",我们和他们合作吧。更没料到他仍荒唐地做着白日美梦,沉醉于那晚狂热的爱,他钻进暖洋洋的被窝里,搂抱纤腰肥臀的"美人鱼"。

深夜,周围冰天雪地,腥风血雨,鬼哭狼嚎的。忽然,房里传出几声抽泣几声凄厉,令人毛骨悚然。两个战士推门进去,发现27岁的原师长——关书范已仰面八叉倒在地上,浑身扭曲,手里拿着冷云给的相思豆,脸庞被撕伤,淌着血,睁着一双极其恐惧的眼睛……

脱 躯 郎

男人爱跳舞,

男人爱唱歌,

男人爱洗桑拿……

而夜幕下的男人便最帅气。

刚好七七四十九天的那夜，帅哥又要陪台湾老板去 KTV 唱歌，妻子用一种温柔得令人毛发倒竖的口吻问他：“喂，亲爱的！你记得你那晚喝过一碗什么汤吗？”

他身上的一处处深浅不一的刀疤似被揭痂皮，里面的肉猩红猩红的。四十九天前的那夜，他唱完歌回家，闷声不响的人眼里燃烧着火焰：“疯男人。疯得如疯狗的男人！”

没有谁比他更知道老婆的厉害了，她没一丝睡意，话语铿锵有力：“哼！臭男人整夜整夜地疯，唱完歌又带小姐去开房……”醉倒床上的人倏地张开眼：一座火山爆发了。灰色的炽热气体翻滚着，又红又蓝的熔岩沸沸扬扬地流淌着，轰然鸣响声中，一挂火瀑朝他奔泻下来。

火山的烈焰欲熔化铁却把铁也变成了火。“你娘的，我不是种猪。别污辱我人格！”他呵斥女人，那张叫人一见就生美感的脸庞上，眉心间卷起个如弹簧的钢圈，一触，反弹力非常强，心里委屈足有千万斤……

好。你火上加油！女人早七窍生烟，龇牙裂眦，杀夫的心都有了。可不知为什么，她只骂声上 KTV 的男人没一个好东西，就收敛如刀利嘴，出房端回一碗汤，踌躇一下放床前茶几上了。

……

四十九天时，男人吹一下血红的伤口，望见女人的嘴抖着什么。也真是的，女人一开口男人立刻遭了殃。刚好，天空一声霹雳震天响，帅哥干号一声栽倒在床上，就刻骨铭心地感觉下身剧烈地疼痛，疼痛得叫他惊心动魄了：他的身体为什么从腰间自动脱节，骶骨及下肢卸留床上，一动不动，冰冷得很？上躯体却冲出房门，如冤魂屈鬼飞出去了……

四十九天后，每当男人要去唱歌时，女人恶毒的咒骂就使他下身顷间疼痛无比，然后脱躯。几次不能如约，老板竟免了他总经理的职，他就绝了赚大钱的念头，在家一动不动，并且，从此一言不发。

小夫妻坐吃山空。没什么专长的女人只得去给人看服装店，每月挣回几张钞票打发日子，她终于体会到：人为生计，是什么都会做的！也有点理解丈夫常陪老板唱歌的行为了。潜移默化地，她懊悔自己学了番仔妈妈的广拳，对丈夫实施“脱躯魔法”，背上个十恶不赦臭婆娘的坏名声，如今，还没吃少喝的，整天干巴着眼。

这夜，电视台播出扫黄消息，还说 KTV 包厢是重点，失去某种宝贝的恐惧感觉，立即又鹰爪般摄住女人的心。这时，喝过那碗什么汤的他真诚地开口说话：“在 KTV 是有色情服务存在的。只是我一直搞不懂，如今世界怎么了，男人办点事，都要结伙去KTV？”他瞅眼女人，眼珠一转，有大喊一声的冲动：“我绝没做过对不起你的事，可你害得……”

大浪淘沙始见金。女人悲喜交加，恍然看见生活是块大石头，压得男人弯腰屈膝，甚至脱躯，丑态百出。她眼噙泪珠，一下摔碎那只碗，不知该问谁：“我也一直搞不明白，在娱乐场所，为什么会有那么多三陪现象呢？”

夫妻俩冥思苦想了三天三夜，最后做出个重要决定，全家人申请去某国定居，因为那儿有解“脱躯魔咒”的人。

可庆可贺的是在多年后，国内举行大规模的扫黄活动，天啊，这次动真格的了，其势如破竹，魑魅魍魉一扫而光。脱躯郎被解开魔咒后得知好消息，便轻轻松松回国来，一家人的生活从此过得很愉快。

鸡汤与汤匙

1997 年 5 月 1 日

今天，林大姐带我去一趟大脑复制研究中心，说是让我进行一次有意义的科学实验。当我从复制床上醒来，博士说：人的大脑就如许多贮存器，每个贮存器又相当于一个电容。大脑不断通过对它的刺激，从而使贮存的信息被容纳。

哦，奇了！同水渗入沙子一样，这么多服装设计的知识，清晰地输入我的大脑。我吃惊了，我想记住哪一页就哪一页，叫人难以置信。我甚至有点儿怀疑，这小小的弧状金属罩一罩在我脑袋上，发生器对准我的百会穴，蓝光闪闪，嗡嗡响一阵，记忆输入便结束了。

什么泰山不是垒的，学问是不能吹来的道理都见鬼去吧！不学无术,不学无术怕什么?在博士的大脑复制室里,人接受知识就像电动汽车去充电一样稀松平常。我轻而易举地掌握了一种专业技术,就不怕失业了。简直高兴死了!

1997年7月5日

我也在原厂的工会主席推荐下,顺利地进了家服装厂做技术员。一套西装新板型被我迅速设计出来了,看见自己的劳动化为成果,我心里别提有多高兴,心想:我这辈子是捡了个大便宜。原来,人的成功不必靠什么知识,也不必靠意志、毅力去劳其筋骨,劳其心志,而只要把博士的小金属罩往头上一罩,就一劳永逸了。

但我高兴得太早了,太糟糕的事儿发生得叫人摸不着头脑。我设计的板型做成的西装穿在模特身上,前襟就吊起来了。不成样式的西装谁买?闷热的夏夜,令人窒息,我辗转难眠。

上班,老板气呼呼地叫我去办公室,他说:"你算什么技术员?俗话说,没吃过猪肉也曾见过走路的猪,你就没想到一些微小部分是技术上的关键!"不用说,服装设计不成功,老板炒了我的鱿鱼。

人家日食万钱,犹言无处下箸。可我只有回家喝西北风了!那天,雨下得特别大,只见湿漉漉的路从我脚后退去,我穿过阴暗潮湿的世界,不知走向何方。

待岗三四年了,这都怪我小时少读书,没掌握一门专业技术,所以,总不能把自己推销出去,只好在家坐吃山空。屋漏偏逢连夜雨。老婆也从环卫处下岗了。她小时也是个坏学生,斗大的字识不了几个，人又不善交际，因此也只在家待着。夫妻都没工作，我们倒八辈子的霉了！在枯坐和寂寞中，我们念叨着："明天啊明天！"只有你看看我，我看看你，毫无办法可想。

但儿子行。他读高中，书读得很好，老师说他有希望考上名牌大学。但他若考上了，我哪儿去弄钱呢？

人穷志短，我只有跳河了。

1998 年 1 月 15 日

春的轻盈，夏的狂乱，秋的坚实，冬的沉重，是四季轮回的匆匆脚步，但它们似乎和我无关。我该怎么办呢？这时工会主席送来两节慰问金和困难补助费，她说一只燕子构不成春天，常常帮我谋出路。她曾介绍我去一家企业当门卫，只是我有坏习惯，经常酗酒，厂里不要我了。去年她又带我去大脑复制中心接受大脑复制，介绍我去服装厂……这次她说："一个人的资质、能力，除少数天才和弱智者外，大都差不多，但好的习惯能增强人的能力，能提供你更大一点的就业空间。我建议你坚持写日记，就是要让你培养好的习惯啊。"我听了大姐的话，不好意思了。我想，服装厂老板的话击中我的要害。我从小就只嗜好嬉戏玩耍，对周围的一切采取"冰冻法"，因而不曾看见走路的猪，连生活上最基础的知识都缺乏，才闹笑话！我这人没一点本事又好争面子，从不把内心最柔软的东西给人看，大姐把我一眼看穿，她说："心灵鸡汤固然很好，可惜你没汤匙。你呀，还得学习。从头开始，从头开始，懂吗？"

人生只能勤劳，让我活到老学到老吧！我瘦小，其貌不扬，年过不惑仍迷惑，今日却突然不迷惑了：别投机取巧了。明天，我去买几本初中课本。

祖先启示录

少妇为何变母虎？

早餐时，我指责妻子煎的荷包蛋烧焦了，她怒目圆睁，似只母老虎扑过来咬人般，把菜刀往砧上一砍，话说得格外的狠：“只会当家庭贵族的，我先剁了他！”然后不管我感受如何，就似乎有一千个伤心理由，呼天抢地，尖着嗓门“叽叽咕咕”地叫唤。我就此闻到古人绝望时的哀叫，顿时额前闪动一抹白光。一双神秘之手有力地牵引着我，穿越亘古时空，去经历一段神话般的祖先生活。

山前，狮啸龙吟，虎嗥豹吼，杀声震天。漫山遍野的男人拥戴我。我站在山头，豹皮扎腰，石器在手，威风凛凛，气势汹汹，如临大敌，史无前例。我拼尽力气发出号召，歇斯底里地叫嚷，她们都不把我放眼里，我受不了了！而桀骜不驯，就是我与众不同的性格。山后呢？却是一处香格里拉样的神仙地。百鸟朝凤，麋鹿嬉戏，牛羊散步，鸡鸭漫游。一条银鞭从山顶甩下来，喷珠绽银，晶莹剔透……在这个如梦如幻般的人间仙境中，纯情似水的女人们，个个手无寸铁，束手就擒。我的外祖母、母亲，都是部落的首领，此时没能一下接受自己骨肉反目成仇的现实，仍傲气十足，但已顷刻成了人类历史上第一次“两性战争”中的俘虏。我便是领导了这场伟大战争的领袖。因此，这段永难忘却的历史，成了我抹不去的记忆。

男人们击掌相庆时，狩猎的本能叫我“黑夜抢亲”，我用块大乌巾盖住一个部落里最年轻最漂亮的女人，抢了回来，放进洞里。男婚女嫁，就是我这个聪明绝顶的男人的第一大发明。其他女人也都成了男人们分享的战利品。为了树立我们男人的绝对权威，我绞尽脑汁，不惜一切手段。就此，男人和女人冤家路窄。在山洞里，我说什么，女人不想听也得听，一个“不”字也不准提；我叫她煮饭、洗衣，侍候我睡觉，叫她向东不敢向西。那天，她不服从我，我立刻不给她水喝，不给她饭吃，甚至要使她无家可归。她把家务料理得有条不紊，把我侍候得无微不至，让我打心里十二分满意，我也仍积怨在心，对她骂骂咧咧，拳打脚踢。

作为男人首领的我颇有建树，我的第二大发明是结男营“私”。在我召集的一次男人大会上，我博采众议，亲自订下人类有史以来的第一部法律，目标是从此把女人隔离开来，不让她们互相串通，以至联合起来反抗男人的绝对统治。第一，把女人关在家里，为男人做香甜可口的饭菜，做保暖好看的衣服，让她们好生侍候男人；第二，凡事不给女人好脸色看，凶巴巴地呵斥她们，恶狠狠地辱骂她们，使女人不敢大声说话，不敢随便行动，不敢违抗男人意志，更不敢随意发表任何高见……这些法律一实施，男人的斥责、辱骂、诅咒，拳棒相加，就成了女人的家常便饭，从此约定俗成。日久月深，就成为天经地义、无可厚非的了。

史诗如梦。妻子的呼天抢地，那尖着嗓门“叽叽咕咕”的叫唤，给我带来远古的回忆，那回忆如一面出土的青铜镜，让我从那斑驳的镜面里，窥视到少妇变老虎的心路，照出了男人年代久深看不见的背。

那天早晨，我顿悟：女人要过上好日子绝不是女人自己的事！我仿佛在妈妈面前悔过自新的好儿子，主动去帮厨。当然，我再也不会为妻子煎不好不软不硬、半透明的溏心儿和滑腻可口的荷包蛋而批评她了。

嚯哈，从此，少妇没再变老虎。

生死仅在转念间

人生有许多转弯，犹如驾车需要技巧去应对：在城镇街道或出入大门的转弯，在岔道口的转弯，在陡坡处的转弯，在傍山险路上的转弯……许多司机是弯道高手，很有本事也很有技巧，能安全地驾驭着生命之舟，载人载物顺利地到达目的地。但往往有脑筋弯不过来的，就栽倒在那一处了。上帝，我正是那个人啊！我矮矮瘦瘦，黑不溜秋，戴着近视眼镜，在人海中就似一颗沙粒。这天，我走向地狱最光亮的地方，不禁再次瞧一眼我手上那一只自己创造的奇特的手表。

十几天前的中午，我们煤业公司八矿的一个采矿区发生垮冒溃浆事故，我刚好带班在井下。一阵大震之后，大家似乎听到声音：有的似细水长流，有的似波涛汹涌……平日里这声音就似爱情空气儿一般，我们从来不在意，赖以生存却往往忘记了它的存在。此时，四周鸦寂无声，看花已没花，听雨也没雨，听歌更无歌。只有大家四目以对，单调的"扑扑"的心跳声格外刺耳。我是个富有感情的人，习惯于聆听，静静地聆听，在心里默默地承受着眼前的一切危险和痛苦。

我心如刀绞。如女人般细腻的心时有念头闪现：我们六个人一定要活下去。虽然我们依靠着稀薄的空气及顶棚往下渗漏的水，还靠吃井下架棚子用的木料的皮，心里做着最坏的打算，吃煤渣喝污水支撑生命。但食物和空气并非最重要，我早知道：世界上显示出最大力量的是人心哟，它有时可以撬动地球的！想到这儿，我觉得强烈的求生意识才是起举足轻重作用的。在我们矿工如煤炭一般被埋在井下时，我想得最多的是：上帝创造一个人是七天，但扼杀一个人也是七天哟！七天，是一个关口吗？是一个门槛吗？七天，是生命的极限呀！突然，我借着上面透露下来的一点儿亮光鼓捣我的表。大家以为我的表坏了，每张黑不溜秋的脸庞都张着一双亮亮的眼睛看着我修理。他们希望我能每天为他们准时报时，好让他们挨过干渴、饥饿、恐惧凑合起来的分分秒秒的可怕时光。

从隔天清晨六时开始，我每天准时报告时间，他们把我的报时视作雄鸡啼鸣。我如阵地上的指挥官，义不容辞地有规律地向大家报告着每一天的到来。第一天,大家坚强地活着。我心中在默默地念叨着:七天,唯一希望的是时间。唯一绝望的也是时间。我们唯一能做的事是祈祷和诅咒时间。第二天……第三天……第六天,大家都尤其坚强地活着,而且恰好在第七天到来的关键时刻,我们获救了。

这是多么侥幸的巧合噢!我是班长,只能最后一个升井。我的呼吸和脉搏尽管很微弱,可我还兴奋地对矿长说:"马上告诉我的家人,让他们不要担心……"但不知何因,当矿长拍着我的肩膀笑着说"好样的,同志哥,你们竟然坚持抗争了十三天"之时,我却在我脑里"七天""七天"地念叨,久久地说不出话……终于,喘出生命里他妈的最后一口粗气说:"报告矿长,我创造了'精神胜利法',把两天报告成一天。"说完,我突然似堵墙被人一下推倒,瘫倒在井边。

当我的灵魂飞向地狱里最光亮的尽处时,我感觉到矿长紧紧地握着我的手腕,也似乎看见矿长仔细地打量着我腕上的怪表——表上只有指针却没有刻度。我还依稀望见五个生还者站在我墓前,为我这个"两天报一天"的好班长树碑立传。

上帝请我上天堂。他老人家摇头叹气:"唉……好孩子,你呀你呀你!"

世上最美好的东西是免费的

以前我最自私，只信两个人，一个是我，另一个肯定是魔鬼。我的内心自不必多说，我的所作所为极其胆大包天，可以说是无恶不作、令人发指的，这也是我现在白天步步惊心，黑夜噩梦连连。

今天，我的又一爿"光明免费馒头店"开张了，但谁也无法知道它的老板是谁。叫人感觉不可思议的是，我深邃的目光每天囊括店里的一切。

馒头店送白白嫩嫩的大馒头。每天送出 2000 个，一爿店平均每日花费 2000 元。早晨 6 点半，小伙子们阵阵欢笑声似朵大涟漪四下荡漾，陈高手开始和面了。他往和面机里倒进上等面粉，按下启动键。10 分钟后，他从面团里抓一些放在桌上。他做馒头宛如在做艺术品，这也是我高薪雇他的原因。因为我觉得免费的馒头，应是最大个最漂亮最好吃又最抢手的。只见他挥舞着双手，在空间甩了个漂亮的圆弧，一气呵成地将面团拉成条形，随着放在桌面上不停地拍打，再将面团分成两份放在压面机内。2 分钟后，他把压好的面饼取出，用尽力气将面饼卷成圆筒形。手腕粗的长面条就展现在案前。他卷好三条去头去尾，再切成每块 10 厘米的面块。助手则在蒸板上面涂满植物油，他才将切好的面块按照次序放上去。30 分钟后，桌上摆放做好的 22 块面板的馒头。他和伙计将馒头摆满两大蒸笼，放在特大的吞吐着蓝色火焰的煤炉上蒸。20 分钟后，一阵诱人的麦香迎面扑来。他们打开蒸笼一瞧：300 个香喷喷的大馒头骄傲地排列在面前，仿佛整装待发的士兵。

我想，对于饥饿的人来说，吃饭就是世界上最美好的事情了。我的馒头店天天做的馒头就是这种东西，而且是免费的啊，岂不更加美好？要说嘛，我从一个大魔鬼，在黑暗中默默嬗变为慈善家，这是我整容出来巧遇弘一后的事。那天天气跟我的心情一般，雷电交加，狂风暴雨，我来到泉州北门外小山丛竹寺院中，有幸碰到高僧弘一。他将一把盐放入一杯温水让我喝，我喝了伸长舌头直叫唤：咸得发苦！弘一又把一包盐撒进面前大水池里，让我舀一瓢喝一口，我欢喜得不得了，肢体猛然舒展腾跃在半空中，倾吐满嘴舒适的感受：纯净甜美哟！弘一笑呵呵对我说："大施主，我知道您心中的大苦说不得。但苦海无边，回头是岸啊，我佛慈悲，让老僧务必度您。"在我全身热血沸腾时，弘一问了句令我如饮醍醐的话："人生命中痛苦的是盐，它的咸淡取决于盛它的容器。您愿做一杯水，还是一池水呢？"这话我感觉特别顺耳。但弘一说，真正需要它的人往往看不懂，即便看懂了也做不到。我心中却窃笑高僧迂腐了。为什么呢？我不但喜欢它，而且我正是需要它又看得懂它的人呵！只不过一回到家中，我瞬间愣神：见鬼，高僧不是早归天了吗？

阳光总在风雨后。在我接受大师的启迪后，最关键一步是解决了自己跟内心的冲突，并且着手解决人与人之间的关系，进一步解决人与物之间的关系。我必须首先投身于“大海”吗，并在这一“大海”里洗刷自己身上的苦“盐”。我由此开了一爿又一爿的“光明免费馒头店”。这过程，满脸是大腹便便弥勒佛慈祥的微笑，魁梧健硕的壮年男子，头脑里反复做一个动作——清零。大罪人时刻低眉，时刻敬畏，我一步一步地走，一步一步地扔。一路上我走出来，扔掉的是沉沉负重和累累罪恶。因此，路越走越长，心却越来越轻了。

中午，有个刺儿头手拿张大钞，防不胜防地问：“馒头一个100元卖不卖？”他被拒绝后骂骂咧咧离开了。我听见陈高手说：“我们的馒头只送不卖。”他还做宣传，“馒头店不需要任何捐款和捐物。假如有人也想开，我们乐于被效仿，免费让人加盟。”

突然，店门口围了很多人，有老人、残疾人、流浪儿童、流浪女等等，他们都是来领大馒头的。一个70多岁的老大爷，手里拿着大馒头笑着说：“我从北方流浪到这里，就在对面厂里做清洁工，每月几百元工资只够交房租，还好，有大馒头天天撑饱我肚子。”

一对耄耋老夫妇领了馒头，还站在一边等什么，大娘眼里闪着泪花恳求陈高手：“让我们见见救命恩人吧。”他们无依无靠，住在城边破桥洞里，每天都来领大馒头。

……

我是个大罪人啊，虽整容了，但哪能现身？我只能看着一个个热气腾腾的馒头，最大最甜也最温暖着许多人的心窝，这是我最坚定的信念。

只是倏然间我窃喜：我再不是那个心中只装着自己的人。我已告别夜夜噩梦、步步惊心了。

但有谁知道：昔日罪孽深重的人在赎罪。我愿做一部超大容量的施舍机，就是卖奔驰卖别墅，砸锅卖铁，也要把馒头店开好。

说实在的，大半生我也很喜欢免费的东西，但到头来，我认为免费的东西往往是最昂贵的。